吸血鬼は良き隣人

赤川次郎

集英社文庫

イラストレーション／ホラグチカヨ
目次デザイン／川谷デザイン

吸血鬼は良き隣人

CONTENTS

吸血鬼は良き隣人 7

吸血鬼と雪男 117

解説　千街晶之 222

吸血鬼は良き隣人

吸血鬼は良き隣人

血の祝福

「メリー・クリスマス！」

サンタクロースが、福引の当たりのときに鳴らすみたいな、古めかしい鐘《かね》を、ガランガランと振りながら声をあげた。

佐山由子《さやまゆうこ》は、寒さで首をすぼめつつ、

「メリー・クリスマスじゃないわよ」

と、口の中で呟《つぶや》いた。

口を開けると風が入って寒いから――というわけでもないが、確かに、今日は朝からやけに寒かった。

空はどんよりと、灰色の雲が深いカーペットのようで、たっぷりと雪を含んで重そうだった。昼になってもいっこうに気温はあがらず、結局そのまま底冷えのする夜になっていたのである。

降れば雪。――明日がクリスマス・イブなのだから、少々できすぎの感じではあるが、

かえって降りだせば寒さもゆるむ。そのほうがいいな、なんて佐山由子は思っていた。

由子はかじかんだ手を、コートのポケットに突っ込みたかったが、クリスマス・ケーキの箱を両手でかかえていてはそれもできない。手袋ははめているけれど、それぐらいじゃ、この寒さ——というより冷たさは、どうにも防げないのだった。

商店街を抜けると、上り坂。道は静かな住宅地へと入っていく。由子の家は、歩いて七、八分の所にあった。

雪も悪くないけど、でも困るのはこの坂道なのだ。雪が積もってしまうと、滑《すべ》って、歩くのにひと苦労なのである。

もう明日で学校も終わり。——明日の夜なら降ったっていいけどな、と由子は思った。雪のほうが、学校の事情まで考えてくれるかどうかはわからないが。

夜、八時。——遅いという時間ではないが、だいたいが人通りのない道である。十七歳の娘がひとりで歩くのは少々心細い。でも、坂を上り切れば、すぐ家なのだ。

せっかくのクリスマスに、父親が出張してしまうというので、今日、あわててケーキを買ってきた。プレゼントを早くくれるというのは結構なことだったが……。

目の前に、急に人影が現れて、由子はギクリとした。思わず足が止まる。

街灯の光でシルエットになったその人物は、いやにブクブクと太って見えた。変な帽

子らしきものをかぶっているし……。

なあんだ。——はっきり見えるようになって、由子はつい笑いだしそうになってしまった。

サンタクロースの扮装《ふんそう》なのである。

きっとバイトの学生か何かで、これから駅前の商店街へでも出ていくのだろう。

大きな長靴をボコボコいわせながらそのサンタクロースは、由子とすれ違った。

もちろん、白い大きなヒゲをつけているが……。ふと、由子はどこかで見た人だな、と思った。

帽子、ヒゲ——あれがなかったら……。

「お嬢さん」

と由子は呼び止められた。

「え？」

と、振り向く由子。

サンタクロースの顔が、街灯に照らされていた。その目を、由子は見わけていた。

「あなた——」

と言いかけた由子の胸に、ナイフが深々と呑《の》み込まれた。

由子は声も立てなかった。ケーキの箱が落ちる。そして由子は、仰向《あおむ》けに静かに倒れ

た。

「――メリー・クリスマス」

と、そのサンタクロースは低い声で言って、血のついたナイフを投げ出すと、坂道を下りていった。

――ひとつ、ふたつ。

白い点が、クルクルと舞いながら落ちてきた。やがて、それは数え切れない流れとなった。――雪になったのである。

だが、もう佐山由子は、学校に行くこともなくなっていた……。

「――わあ！　見て見て！　外は真っ白よ！」

と、エリカが声をあげた。

「いやねえ」

と、涼子《りようこ》がTVのほうを見ながら顔をしかめて、

「この近くよ」

「雪は嫌いなの、お母さん？」

「雪のことじゃないわ。女の子が殺されたんですって」

涼子は浮かぬ顔である。

「へえ。誰に？」

「わからないみたい。通り魔じゃないかって言ってるわ。十七歳。——可哀《かわい》そうねえ」

「まさか知ってる子じゃないでしょうね」

エリカは新聞を開いてみた。

「何か出てる？」

「うん……これらしいわね」

エリカが記事を読みだすと、父親のフォン・クロロックがヒョイと居間に顔を出した。

「おい涼子」

「なあに、あなた？」

「靴下に穴があいとるんだが、新しいのはないか？」

「今、買ってないのよ。行かなきゃと思ってるんだけど、ここんとこ忙しくて。明日はデパートへ行くから、今日は我慢してはいててよ」

「わかった。スリッパをはいときゃわかるまい」

クロロックは肯《うなず》いて引っ込んだ。

まあ、よくある家庭風景ではあるが、エリカには何となくおかしい。というのも、こが、「よくある家庭」なんかじゃなかったからだ。

神代《かみしろ》エリカ、N大学の二年生。いつまでたっても進級しないのは、編集者のせいであ

って、著者は知らない。

トランシルヴァニアから亡命してきたフォン・クロロックと、日本人女性との間に生まれたのが、このエリカである。

母はすでに亡く、今の母、涼子は「後妻」に当たるが、年齢はエリカよりひとつ下、という若き妻なのだ。

クロロックとしては、穴のあいた靴下をはかされるぐらいのことは堪《た》え忍ぶしかあるまい。ふたりの間に、まだ赤ん坊の虎《とら》ノ介《すけ》がいるとなれば、なおさらのことだ。

でも、時代も変わったもんだわ、とエリカは思った。

吸血鬼が穴のあいた靴下をはいて、子供にミルクをやっている図なんて、およそ中世では想像もつかなかっただろう（今でも、かな？）。

「被害者は――佐山由子さん、十七歳」

と、エリカは新聞の記事を読みあげた。

「佐山？」

涼子が、クロロックの朝食を用意しながら、ふと顔をあげた。

「知ってるの、お母さん？」

「佐山さんって――まさか、あの佐山さんじゃ……」

涼子は、テーブルを回ってきて、新聞を覗《のぞ》き込んだ。そして、目を見開くと、

「まあ！　やっぱりそうだわ！」

「よく知ってる人なの？」

「いいえ、全然知らない」

エリカは、ひっくり返りそうになった。

「いえね、佐山さんって、私、直接は知らないけど、このへんじゃ有名な人なのよ」

と、涼子はその名の通り、涼しい顔で言った。

「へえ。どういうふうに？」

「あんまりいい評判はないわね。ちょっとお金があっていばってるとか、自分勝手だとか、すぐ人のことを悪く言うとか……」

「ずいぶん詳しいじゃないの、知らない人にしては」

「町内会の役員をしてた奥さんがいてね、その人から聞いたの。佐山さんは町内会の会長をしてたはずよ。今でもしてるかどうかはわからないけど」

「へえ」

エリカは、のんびりとコーヒーを飲みながら――吸血鬼の娘だといっても、血を飲むわけじゃないのだ――記事を読み返した。

「ここにも、やっぱり通り魔的な犯罪の疑いが濃いってなってるわね」

「そうでしょうね。いくら嫌われてるといっても、殺されるほどは……。それに娘さんでしょ？」

「クリスマス・ケーキを買いに行って、帰る途中だった、か……」

みどりなら、きっとケーキを食べないうちは、意地でも死なないだろうな、とエリカは思った。

「あら、誰かしら」

と、涼子が、玄関のチャイムを耳にして、言った。

「私、出るわ」

エリカが立ち上がって、玄関へ行った。

「すみません……」

ちょっとおずおずした女性の声。

「川添《かわぞえ》ですけど――」

「ああ、ちょっと待ってください」

エリカは、鍵をあけた。

「突然お邪魔してすみません」

入ってきたのは、川添千恵《ちえ》。――このマンションで、エリカたちと並びの部屋に、息子とふたりで暮らしている、五十がらみの婦人である。

「まあ、いらっしゃい」

と涼子が出てきて、

「おあがりくださいな。——何かご用で？」

「ええ、実は……」

川添千恵は、目を充血させていた。

「ちょっとご主人に、ご相談したいことがありまして」

「主人にですか？」

涼子が意外そうに訊《き》き返したのも、当然といえば当然で、ご近所とはいえ、クロロックとはそう話もしたことがないはずなのだ。

「ええ。本当にご迷惑だとは思うんですが……」

「そんなことありませんけど。——あなた」

涼子が呼ぶと、クロロックがワーオ、と大欠伸《おおあくび》をしながら、登場する。いささか、吸血鬼としては、しまらない。

「やあ、これはどうも」

と、クロロックは挨拶《あいさつ》した。

「いつぞやは息子がお世話になりまして」

と、川添千恵が頭を下げたので、涼子はびっくりした。

もちろん、エリカも、である。

川添千恵は、何年か前に夫を亡くして、このマンションに息子とふたりで越してきた、ということだった。

生活は、夫の保険金と年金で、地味にやっており、息子の幸夫《ゆきお》は十九歳だが、一応大学に通いながらも、アルバイトをして、家計を助けている。

ふたりとも、少々おとなし過ぎるくらいおとなしい親子だが、やかましいくらいにぎやかよりは、よっぽどいい。

しかし、クロロックが、川添幸夫を知っていたというのは、涼子もエリカも初耳である。

「あなた、いつこちらの息子さんと——」

不思議そうな涼子に、川添千恵が急いで説明した。——つまり、川添幸夫がバイクに引っかけられ、足にけがをしたとき、通りかかったクロロックが、おぶって連れてきたというのである。

「あなた、そんなこと、一言も言わなかったじゃない」

「そこが私の奥ゆかしさだ」

これを自分で言わなきゃいいのだが……。

「幸夫も大変感謝しておりまして——」

と、川添千恵は言った。

「しかし、何事です？　だいぶ、大きな心配事と見えるが」

「はい。お察しの通りです」

川添千恵が、突然、床のカーペットの上にパッと座ると、クロロックに向かって、頭を下げた。

「お願いです！　あの子を助けてやってください！」

「落ちつきなさい」

クロロック、内心は面食《めんく》らっているのだろうが、そこは得意のポーカーフェイスで、

「事情を話してみなさい。私にできることなら力になる。女房も娘も、いくらでも使っていい」

勝手に決めるな！　ふたりが凄《すご》い目つきでクロロックをにらんだのは、幸い、川添千恵の目に入らなかった……。

「すると、あの息子さんが、殺人の容疑を？」

「はい。——ご存知と思いますが、ゆうべの佐山さんのお宅のお嬢さんが殺された事件……」

「佐山由子さんを知ってたんですか？」

と、一緒に話を聞いていたエリカ（聞かないでいるわけがない！）が、言った。

「ええ」

千恵は、ちょっときまりが悪そうに、

「実は——幸夫、あの由子さんと、半年ほど前までお付き合いしていましてね」

「つまり、恋人同士だったというわけだな」

と、クロロックが肯く。

「そんなところまでは、とても……。幸夫はとても引っ込み思案な子ですから、女の子と面白く付き合うことなんかできません。——結局、片想いで、振られてしまったようでした」

「何ということだ！」

クロロックは憤慨《ふんがい》して、

「あんな性格のいい男性を振るとは。今どきの女は、目のないやつばかりだ」

「私は？」

と、涼子が訊《き》く。

「例外もある」

と、クロロックは、即座に答えて、

「しかし、それだけのことで、幸夫君を犯人だとは思うまい。いくら日本の警察が手抜きをするとしても」

このセリフ、刑事さんにゃ聞かせられないね、とエリカは思った。だいたい、クロロック自身、「亡命」の身のせいで、役人嫌いになったという事情もあるのである。

「はあ。実は――これは、さっきうちへ来た刑事さんのお話なんですが……」

「刑事？　すると、もう幸夫君は逮捕されたのかな？」

「いいえ。いろいろしつこく訊いていきましたが、まだ逮捕するところまでは……。でも、刑事さんは、もう時間の問題だ、とおっしゃって……。あの子は今、アルバイトに出ていますけど、刑事さんが交替で監視《かんし》しているはずです」

「何たる税金のむだだ！　そんなヒマがあるのなら、うちの大掃除を手伝いに来ればいいのだ！」

クロロックも、かなり無茶なことを言っている。

「刑事さんのお話ですと、現場近くの家の人が、ちょうど犯行のあった時間ぐらいに、怪しい人物を見た、と言っているのだそうです」

「そんなこと、記事に出ていなかったわ」

と、エリカが言った。

「これは極秘《ごくひ》の情報で、伏せてあるのだ、とおっしゃってました」

「すると、その人物が幸夫君に似ていたと言ってるのだな？　フン、人の目などというものは、あてにならん」

「いえ、その人は、サンタクロースを見た、と言ってるんです」

「サンタ……」

これにはエリカもクロロックも面食らった。

「サンタクロースというと……クリスマス・プレゼントを配達するトナカイ印の宅配便のやつのことか？」

「お父さんったら」

エリカは笑いだしたくなるのを、なんとかこらえて、

「デパートと間違えないでよ」

「その目撃者はトナカイやソリも見たのか？」

「わかったわ」

と、エリカは肯いた。

「よく、今商店街に、サンタのスタイルをして立ってる人のことね」

「そうです」

と、千恵は言った。

「幸夫は、このところ、夕方から何時間かあのバイトをしていたんです」

「家であの格好になって、行くんですか？」

と、エリカは訊いた。

「先のお店で、着替える所がないらしいんです。それに、明日のクリスマスまで、一週間通しての契約《けいやく》でしたから、衣装は、うちに置いてありました」

「息子さんも、それくらいの時間に、家を出たんですね？」

「はい。でも幸夫は決してそんなことを——」

「よくわかっておる」

クロロックは、手を組み合わせて、

「警察も、目撃者の見たのが本人でなく、サンタクロースの扮装をした男、というだけなので、今ひとつ、逮捕に踏み切れんのだろう。しかし困ったものだな。警察はいったんこれ、と目をつけると、そればっかり追い回すクセがある。——それはやがて間違いとわかるとしても、一方で、本当の犯人は野放しになる。こっちも困ったことだ」

クロロックはエリカのほうを見ると、

「おまえの意見はどうだ、エリカ？」

と訊いてウインクをした。

娘にウインクしたからといって、クロロックに妙な趣味があるわけではない。エリカにはピンときた。

「そうねえ、まず幸夫君の衣装に血痕《けっこん》があるかどうか、調べるべきよね。きっと犯人は返り血を浴びてるはずだわ。凶器《きょうき》のナイフは落ちてたんでしょう？　だったら、その入手経路を洗うとか。方法はいろいろあるはずよね」

　エリカが話をしている間に、クロロックは、そっと立ち上がって、居間から玄関のほうへと、静かに出ていった。

　川添千恵がキョトンとしている。エリカは、シッ、と指を唇《くちびる》に当ててみせ、

「ねえ、お父さん、殺された女の子には、他にもボーイフレンドや恋人がいたんじゃないかしら。私、そっちから、むしろ当たってみるべきだと思うな。そうすれば——」

　そのとき、玄関のほうで、

「こらっ！」

「ワッ！」

　と大声が響き、ドタン、バタンと何かがひっくり返る音がした。

「人の家の様子をうかがっていたな！　怪《あや》しい奴《やつ》だ！」

　クロロックが、中年の、小柄な男を、猫でもつかむみたいに、コートのえりをつかんでぶらさげて居間へ入ってきた。

「まあ」

　と、千恵が、その、気絶している男を見て、目を丸くした。

「知った顔か？」

　クロロックが、ドサッと荷物みたいに、その男を床へ投げ出した。

「この人――うちへ来た刑事さんですわ」

と、千恵が言った……。

狙われた美女

「まったくねえ！」

と、橋口《はしぐち》みどりは、ふくれっつらをして、言った。

「何が『まったく』なのよ、みどり？」

と訊《き》いたのは、大月千代子《おおつきちよこ》である。

「何もクリスマスに雪が降らなくたっていいじゃないの！　これじゃ、安っぽい絵ハガキだわ」

「クリスマスに雪って、ピッタリじゃない？」

「だけど、何もここに降らなくたっていいじゃないの！」

「要するに、みどり、お腹《なか》が空《す》いてるんでしょ」

「空いちゃいけないの？　クリスマスにはお腹が空くのを我慢《がまん》しなきゃいけないっての？」

こうなると、もうだめである。何を言っても気に食わないのだ。

なに、若鳥の丸焼きにでもガブリとかみつけばコロリと気分が変わるのだが。

今、そろそろ夕方の四時。雪は降っていないが、足もとに十センチは積もって、みどりを苛立《いらだ》たせている。

十センチなんて、雪国の人から見れば「雪」と呼ぶのも恥ずかしいくらいだろうが、東京《とうきょう》では「大雪」である。

「疲れた！　もうだめ！」

今度はみどり、ハアハアと喘《あえ》ぎ始めた。

「もう……。苦情が多いんだから、みどりったら」

と、千代子が呆《あき》れ顔で言った。

「エリカは？　どうして迎えに来ないの？　遠路はるばるやってきたのに」

「大して遠くなんかないじゃないよ」

「隣の家よりゃ遠いわよ」

もはや、八つ当たりである。

ぐっと太めなのはいっこうに変わらないみどり、ノッポで、こちらはいくら食べてもいっこうに太らない千代子。

どちらもエリカの親友で、三人合わせて「五人前」（食事の量である）という定評があった。もちろん、エリカと同じN大学生。

今日はクリスマス・イブで、エリカの家に食べ物、飲み物を持ち寄ってパーティーと洒落《しやれ》たのである。

そこに「男の子」が入らないのが、この三人らしい、色気のないところだった。

「あと何キロ？」

と、みどりが喘ぎつつ言った。

「オーバーねえ。ほんの四、五分じゃないの」

「私が遭難したら、千代子、新聞社の人に、できるだけやせた写真を渡してね」

「東京のど真ん中で遭難《そうなん》もないわよ。だいたい、みどりのやせた写真なんて、何歳のときの？」

「私だって、十五年前には並の体重だったのよ」

「今いくつよ。――ほら、足もと、気をつけて！」

夕方四時、といえば、決して遅い時間ではない。しかし、天候のせいか、かなり周囲は薄暗くなってきていた。

その心理的な影響も、みどりの「空腹感」を煽《あお》っているのかもしれない。

「――ほら、その角を曲がれば、エリカのマンションが見えるわよ」

飲み物の袋をかかえた千代子が励ます。

「遺書を書かなくてすみそうだわ」

みどりが、フウッと息をつく。

「書くことあるの？」

「お墓をレストランの前に作ってもらうの」

その角を——ふたりが曲がりかけたときだった。いきなり、誰かが角の向こうから飛び出してきて、みどりはギャッ、と声をあげた。

もちろん、千代子もびっくりはした。しかし、持っていた袋を落としただけですんだのだが、みどりのほうは、といえば——もののみごとに雪の中でひっくり返ってしまったのである。

もちろん、千代子がみどりを助け起こしたのだが、それには多少、時間がかかった。というのも、角から飛び出してきたのが、思いもかけない相手——サンタクロースだったからだ……。


「何ですって？」

エリカは、思わず千代子に訊き返した。

「サンタクロースよ！　もう、私、びっくりしちゃった」

「災難だったわねえ」

と、涼子《りようこ》が、服を持ってきて、

「みどりさん、これ、エリカさんのだけど、よかったら、着てて」

「でも——」

入らないんじゃない、と言いかけて、エリカは思い直した。毛布に何重にもくるまったみどりは、空腹と寒さでまさに最悪の状態。

変なことを言おうものなら、ぶっとばされそうだったからだ。

「私がいったい何をしたっていうの……」

と、独り言のように呟《つぶや》いている。

「こんなに清く正しく生きてきたのに、どうしてこんな目にあわなきゃいけないの……」

エリカは、涼子を手招きして、

「ねえ、まだ食事の支度、できないの？」

と、低い声で言った。

「今やってるけど——」

そこへ玄関から、

「やあ、今帰ったぞ！」

と、クロロックの声がした。

するとと、突然みどりがパッと目を輝かせて叫んだ。

「フライド・チキンだ！」

エリカが目を丸くした。そりゃ、エリカのように吸血鬼の血を引いた者は、鼻のほうも人間よりずっと敏感なのだが、そのエリカですら、やっとかぎつけた匂《にお》いだったのである。

「——執念って怖いもんね」

と、エリカは、口いっぱいにまだ熱いフライド・チキンを頰《ほお》ばって目を白黒させているみどりを見ながら思った……。

さて——約一時間後、乾燥機フル回転で、やっと乾いたホカホカの服を着たみどり、待望の夕食の席についていた。

「クリスマス・ケーキを切ろう」

と、エリカが言った。

「ハッピー・バースデー・トゥー・ユー……」

と、つい歌いだしたみどりに、みんなが一斉《いっせい》に笑った。

「あれ？　ローソクがないよ」

と、千代子が言った。

「入れ忘れたのかなあ」

「仕方ないわね。じゃ停電のときのために買った太いの立てる？」

と、涼子が言った。

「まさか。――あれ、誰だろ？」

エリカが、チャイムの音に立ち上がった。

玄関へ出てみると……。

「あら」

目の前に立っていたのは――サンタクロースだった。

「こんばんは」

と、サンタクロースが、帽子とヒゲを取って、ニッコリ笑った。

「何だ、幸夫君か」

川添幸夫《かわぞえゆきお》だったのである。

「ケーキ屋さんから頼まれてきたんだ」

と、幸夫は、ポケットから紙袋を出して、

「ケーキにローソクをつけるの忘れて渡しちゃったから、届けてくれって」

「わざわざありがとう。――上がっていかない？　これからパーティーなの」

「やあ、楽しそうだな」

「よかったら、どう？　お母さんもご一緒に――」

「お袋、今夜は親戚《しんせき》の家に行ってて、帰らないんだ」

「じゃ、いいじゃないの」

エリカが、サンタクロースの衣装の幸夫を連れて食堂へ入っていくと、虎《とら》ノ介《すけ》が、手を叩《たた》いて喜びの声をあげた。

「まあ、いらっしゃい」

涼子が椅子《いす》をひとつ出してくる。

「すみません。お邪魔《じゃま》します」

幸夫はその衣装のまま席についた。

「あんたじゃないわね」

と、みどりが言った。

「え？」

「私のこと、ひっくり返したの。——もう少し小柄な感じだったわ」

みどりの話を聞くと、幸夫は顔をしかめて首を振った。

「いやだなあ。——何しろ今日もずっと刑事が見張ってるんですよ」

「あっちは仕事なのよ。気にしないことだわ」

と、エリカが言ったが、それは当事者でないから言えることだろう。

「でもいったい誰がやったんだろうな」

幸夫は、息をついた。

「あんたの恋人だったんでしょ」

だいぶお腹がいっぱいになってきて、理性を取り戻した（！）みどりが言った。

「恋人だなんて――。僕の勝手な片想《かたおも》いだったんだよ。あの子の家は大金持ちだし、どこでデートするったって、こっちは財布が軽くて吹けば飛びそうときてるんだもの」

「じゃあ、彼女に、じゃんじゃん払わせりゃよかったじゃないの」

「そういうわけにもいかないよ」

「あら、男が出さなきゃいけないって法律があるわけじゃないわ」

と、みどりはぐっと胸をそらして、

「水が高い所から低いほうへ流れるように、お金もある所からない所へと流れるべきだわ。男か女かなんて関係ないわよ」

「じゃ、みどり、デートのとき、払いを持つの？」

と、千代子が言った。

「持つわけないでしょ。私、お金なんてないもん」

「じゃ、あったら払うの？」

「あったことないもん。わかるわけないでしょ」

「変な議論はやめなさいよ」

と、エリカが遮《さえぎ》った。

「さあ、食べた食べた！　――早く食べないとなくなるわよ。なにしろみどりは、おしゃべりと食べるのを同時にやれる才能を持った人なんですからね」

にぎやかなパーティーになった。

食事がすむと（つまり、食べるものがなくなると、という意味である）、居間のソファやテーブルをわきへ寄せ、真ん中を広くして音楽をかける。——ちょっとした舞踏会というところだ。

ダンスパーティーというのとはちょっと違う。音楽が昔ながらのワルツである。

「もう少し早いテンポの曲ないの？」

と、みどりは不満顔だが、

「このテンポこそが『踊り』そのものなのだ」

と、クロロックは満足気に、涼子を相手に踊っている。

そのふたりを必死で追い回しているのが虎ノ介。ついには、クロロックも諦《あきら》めて、背中に虎ノ介をおぶって踊りだした。

どうにも涙なしには見られない光景である。

「私たちも踊らない？」

エリカは、幸夫に言った。

「この格好で？」

「いいじゃない。——私、サンタクロースと一度踊ってみたかったの」

「OK。それじゃ……」

エリカは、父の教えで、ちゃんと踊りも身についている。幸夫のほうも、かなりブクブク着ぶくれしたスタイルながら、踊りはなかなか達者だった。

「――上手《じょうず》ね」

と、エリカは踊りながら言った。

「お袋仕込み」

「へえ。あなたのお母さん、素敵な方ですものね」

「そう聞いたら照れるだろうな」

と、幸夫は笑った。

「でも、いい人たちだなあ。君の友だちも、家族も、みんな」

「まあね。――人のいいのだけがとりえよ」

でも、とエリカは思った。吸血鬼がメリー・クリスマスなんてやるの、何だか変ね。よく吸血鬼映画だと、吸血鬼は十字架を見せられて、ウワーッと苦しむことになっている。目をつぶっちまえばいいじゃないか、なんてエリカはあれを見るたび、思うのである。

もちろん、クロロックもエリカも、あんなことはない。ま、あれこそ一種の「迷信」なのである。

「――私、紅茶でもいれてくるわ」

と、涼子が、クロロックから離れると、

「みどりさん、主人の相手をしてあげてくれる？」

「え？　――ああ、いいですよ、もちろん」

お腹がいっぱいになって（まだ入るが）、目がトロン、としていたみどり、欠伸《あくび》をしながら立ち上がって、クロロックと踊り始めた。

しかし、みどりはワルツなんて、ろくに踊れない上、クロロックは背中の虎ノ介をときどき、

「おお、よしよし」

なんてあやしたりするから、ますますテンポが狂う。
二、三分踊ると、互いにすっかりくたびれてしまった。
「少し休もう」

「そ、そうですね……」

と、みどりが息を弾《はず》ませて、

「ああ、汗かいちゃった」

「ちょっと待ちなさい」

クロロックが、ふと何かに気づいた様子で、みどりを呼び止める。

「え？」

「今、何か匂った」

「そうですか？　――ニンニクかな？」

「いや……」

クロロックは、みどりの服の袖口をじっと見つめながら言った。

「――この、しみは？」

「何かしら？　――イチゴじゃないかな」

「いや。これは血だ」

と、クロロックは言った。

エリカは踊るのをやめた。

「お父さん！　本当？」

「うむ。今まで気がつかなかったが、どうやら間違いない」

「お父さんが戻ってきたとき、みどりの服、洗ってたんだわ」

「どこで血なんかつけたんだろ？」

と、みどりは首をひねっている。

「さっき、サンタとぶつかったときじゃない？」

と、千代子が言った。

「でも、私、どこもけがなんてしてないわよ」

みどりはそう言ってから、いささか自分の感覚に自信が持てないのか、

「たぶん、ね」

とつけ加えた。

「いくらみどりだって、自分が血を出すようなけがをしてたらわかるでしょ。つまり、相手がけがしてたのかもしれないわ」

エリカは、そこまで言って、ふと気づいたように、

「それとも——返り血か」

居間の中が、急に静かになった。

とはいえ、ワルツの音楽と、それに合わせて、虎ノ介が、クロロックの背中で、

「ワアワア」

と歌っている声が、跡切《とぎ》れることなく聞こえていて、それがまたかえって、その場の不吉な印象を強めているのだった。

「まさか——でも、本当にもしその通りだったら……」

と、エリカは独り言のように呟《つぶや》いて、

「みどり、あなたがそのサンタクロースにぶつかってひっくり返った所まで案内して。行ってみるわ」

「この雪の中を?」

　みどりが情けない声を出した。

「人の命がかかってるのよ!」

「わかったわよ。そんなオッカナイ顔しなくたって」

　話を聞いていた涼子が、気をきかせて、

「じゃ、戻ってくるまでに、熱いチョコレートを作っておくわ」

と言うと、みどりも、やっと行く気になったようだった。

「僕も行こう」

　と、幸夫が言った。

「あなたは行かないほうがいいわ」

　と、エリカが言った。

「でも——」

「昨日の今日よ。もし何か起こってたとしたら、そのスタイルでノコノコ行けば疑われてしまうわ」

　幸夫は、ちょっと不服そうだったが、エリカの言葉に従うことにした。

「千代子。あなた悪いけど、虎ノ介の面倒みてくれる? ——じゃ、コートを着て出かけましょ」

かくて、エリカ、クロロック、みどりの三人が、雪の積もった戸外へと、決死の覚悟で（はいささかオーバーだが）出ていくことになったのである。

クロロックはもともとが寒い国の出身で、しかも山深い城に住んでいたのだから、寒さには強いはずなのだが、日本へ来てかなりたつ。温暖な気候にだいぶ慣れてしまっているので、こんな雪の中に出ていくときはやはりマントだけでは辛《つら》い。えり巻きをして、毛糸の手袋などはめて行くのである。

雪が、まだ少しチラついていた。降り積もった雪のせいで、明るいのは助かるが、雪かきもしていないので、歩きにくいこと。

「あの角から出てきたのよ」

と、みどりが指さした。

行ってみると、幸い、というべきか、みどりがもののみごとに転倒したときの跡がまだはっきり残っていた。

「してみると、これが、そのサンタクロースの足跡らしいな」

と、クロロックが、大きなブーツらしい足跡を見下ろしながら言った。

「でも、溶けちゃって、どんな靴跡かはわからないわ」

「行き先がわかれば、手がかりになる」

「そうか！」

もう動きたくないと言うみどりを、その曲がり角へ残して、エリカとクロロックは、サンタクロースの足跡をたどっていった。

しかし、ものの二、三十メートルも行くと、広い道と合流しているので、もう車のタイヤや他の足跡に完全に紛《まぎ》れて、わからなくなってしまっていた。

「――これじゃ、とても追いかけていくのは無理ね」

「うむ。では、逆にたどっていこう」

「逆に？　――あ、あの角から、逆にたどるってわけね？」

「どこからサンタクロースが出てきたか、探ってみれば、あの血痕《けっこん》の謎《なぞ》も解けるかもしれん」

ふたりが戻りかけたとき、学生らしいグループがワイワイしゃべりながら歩いてきた。

エリカとクロロックは、歩きだして――同時に足を止めた。

「今の悲鳴は何かしら？」

「おまえにも聞こえたか。どうやら、おまえの親友らしいぞ」

「行きましょう！」

ふたりが雪をけたてて、猛然と走り去るのを、学生たち、ポカンとして見送りながら、

「悲鳴なんて――聞こえねえよな」

「うん。――おかしいのかな、あのふたり？」

「芝居の稽古《けいこ》でもやっててんのかもしれねえぜ」

吸血族は、聴覚も鋭い。

人間の耳に届かない音が、聞こえているのである。

「酔っ払ってんのかな」

「シャンパンで悪酔いしたのかもしれないな……」

学生たちは、なおしばらく、その場で意見をたたかわせていた。――よほどヒマだったのだろう。

一方、エリカたちはたった〇・一秒で――いや、これはオーバーだが、アッという間にみどりの所へ駆けつけた……が。

「みどり――」

いない!

みどりの姿が消えたのだった。

「どこへ行っちゃったのかしら?」

「おかしいな。ほんのわずかの間に」

クロロックは、さすがに、いささか焦《あせ》っている。

「みどり! ――みどり!」

「おい、太いの! どこだ!」

みどりが聞いたら目をむいて怒りそうである。

「あんなにちょっとの間に……」

「あの重い体で……」

「関係ないでしょ」

「しかし、さらっていくにしても、相手が重いと大変だ」

「重いったって、ゾウほどはないわよ」

「ゾウだって、ダイエットすればわからんぞ」

——そのとき、当の「重い体」が、クロロックの頭上に降ってきた。

ズシン、バシャッ。

みどりの下になったクロロックは、完全に雪の中に没《ぼっ》していた……。

失われた夢

「——雪の中でラブ・シーンやらなくたって」

と、エリカが言った。

「好きで重なったわけじゃないわよ」

みどりが、また毛布にくるまっていた。

もちろん、クロロックのほうは死ぬ寸前——というのは大げさにしても、ショックはかなりのもので、今、熱い風呂《ふろ》で、元気を取り戻しているところだった。

風呂につかって、鼻歌を歌っている吸血鬼というのも、あまり見ない図であるが、クロロックは虎《とら》ノ介《すけ》を風呂に入れるので、毎日のぼせているうち、その陶酔感《とうすいかん》（？）がすっかり気に入ってしまっているのである。

いや、もちろん今は、服やマントがびしょ濡《ぬ》れになったから、やむを得ず風呂に入っているのだが。

一方みどりのほうも、クロロックを下敷きにしたものの、全く無事ともいえず、こうして服の乾くのを待っている。

「それにしても、いったい何があったのよ」

「ちょっと待って。――ああ、おいしい！」

みどりは熱いチョコレートを飲んで、一息ついた。

「――エリカたちが行っちゃって、すぐだったわ。『誰か――誰か来て』っていう声がしたの。何だか変なところから聞こえてくるみたいで、最初はキョロキョロしてたの。そしたらまた、『誰か、助けて』って声がして」

「どこから？」

「頭の上、つまり、あの角の建物の二階の窓からだったのよ」

「角の建物って――確か低いマンションよね。四階ぐらいしかない」

「そう。窓が開いてたんでしょうね。声が道のほうへもれてきたわけ」

「それで、どうしたの？」

「びっくりしちゃってさ。エリカたち、呼びに行こうかとも思ったんだけど、あんまりびっくりしたんで、マンションの中に入っちゃったの」

「反応の仕方がユニークね」

と、千代子が口を挟《はさ》んだ。

「二階へ上がってもさ、部屋が三つあって、どこだかわからないのよ。で、ひとつずつ訊《き》いてみよかとか、そこまでするのも面倒か、とかいろいろ迷ってたら、ドアのひとつが開いて——女の子が出てきたの」

「女の子？」

「うん。でも私たちと同じくらいの子よ。凄《すご》くぐあい悪そうでね、青い顔してた」

「それで？」

「私、きっと食べ過ぎか何かで苦しいんだと思って——なんで笑うのよ！　そのときはそう思ったんだから！　で——何だっけ。ああそうか。私、『大丈夫？』って声をかけたのよ。そうしたら、女の子が、『中に——人が死んで』って言ったの」

「死んで？　確かにそう言ったの？」

「そう聞こえたの」

と、みどりは、言い直して、

「ともかく、突然だったから。で、私、びっくりして、逃げ出したのよ」

エリカは目をパチクリさせて、

「逃げ出した人が、なんで窓から飛び出してきたわけ？」

「あんまりびっくりしたもんだから……方向を間違えたの。ワーッと走って——気がついたら、空中にいたの」

——みどりには申し訳ないとしても、やはり、笑わずにすませるには、エリカ、千代子ともども、かなりの苦心を必要とした。

「だけど、その女の子って、どうしたんだろうね」

と、千代子が早口に言った。

何か言わないと、吹き出してしまいそうだったのである。

「そうね、あのあと、パトカーが来た様子もないし」

人が死んでいる。——みどりの聞き違いでないとすると、警察か救急車が駆けつけてきて当然という気がする。

「どうも気になるわね」

と、エリカは言った。

「私、いやよ！　もう行かない！」

と、みどりがわめいた。

「たとえハンバーガーを百個くれるって言っても、二度と雪の中へ出ていったりしないからね！」

普通なら、どんなに好物でも百個ももらったら、いい加減いやになるだろう。

「——何だか気が重いよ」

と、居間の片隅で言ったのは、もちろん幸夫《ゆきお》である。

「——何のこと？」

エリカは、幸夫のそばに行った。

「僕のせいのような気がする」

「考え過ぎよ」

「そうかな……。でも、昨日の事件と、今のことと関係ないのかな」

「わからないけど……。関係あるって証拠もないんだし」

そうだろうか？　──サンタクロースがある！

あのマンションから、サンタクロースが出てきた。しかも、かなり急いで、みどりを突き飛ばしていった。

そして、その後で「人が死んだ」とすると──。

エリカは、ちょっとためらった。──いくら好奇心旺盛《おうせい》なエリカだって、この寒い中、何度も出歩くのは好きでない。小説の中でいくら寒くたって、読者は平気だろうが（著者も平気であるが）、登場人物は楽じゃないのだ。

しかし、これは放っておけない。

吸血族というのは、やはり人間社会の中では、多少居候《いそうろう》なのであって、人間にない能力を持っているからには、人間のために少々働いてやる必要がある、というのがエリカの考えでもあった。

「私、行ってみるわ」

と、エリカが立ち上がった。

「僕も行く」

「私、行かない！」

と、みどりが怒鳴ったが、エリカは無視することにした。

「だけど、あなた、その格好じゃ、目立って仕方ないわ」

と、エリカは、相変わらずサンタクロースのスタイルのままの幸夫を眺めて言った。

「着替えてくるよ。雪の中じゃ、これでも寒くて仕方ない」

「そのほうが賢明ね」

と、エリカも同意した。

「じゃ、支度して、すぐに来るからね」

幸夫が、居間を出ていく。

「——何だか騒がしいクリスマスね」

涼子《りょうこ》が居間へ入ってきて、息をついた。

「でも、だいたいがクリスマスって、にぎやかなんじゃない？」

「それにしても、パーティーとか何かでにぎやかならともかく、人殺しじゃね……」

「虎ちゃんは？」

「やっと眠ったわ。結構、大人たちの騒ぎがわかってるのかしら、興奮してて、なかなか寝つかないのよ」

「父親に似て、デリケートなのね」

そう言って、エリカがフフ、と笑うと、涼子も一緒になって笑った。そのころ、風呂を出たばかりのクロロックは、派手なクシャミをしていた。

「——じゃ、ちょっと行ってくるわ」

と、エリカが、コートをはおる。

「気をつけてね。あんまり危ないことはやらないで」

「大丈夫よ」

怪しいもんだ、とエリカ自身も思っていたのだが……。

もう、幸夫も着替えて出てきているころだと、エリカは、廊下《ろうか》に出てみた。ちょうど、幸夫の所のドアが開いて——。

エリカは唖然《あぜん》とした。

てっきり幸夫が出てくるとばかり思っていたら——いや、幸夫も出てはきたのだが、それにくっついて、警官がふたり、ついでに、私服の刑事らしいのがひとり……。しかも幸夫はサンタクロースの衣装のままだった。

「フン、ついに尻尾《しっぽ》を出したぞ」

最後に出てきた男が言った。——昼間、川添千恵《かわぞえちえ》が、クロロックに息子を助けてくれと頼みに来たとき、クロロックがひとひねりした刑事である。

名は――そう、確か河原《かわはら》といった。

「おお、あんたは、あの馬鹿力の娘だな」

と、エリカを見て言う。

「父は馬鹿力なんて名じゃありません」

「あんたの苦労も水の泡だね」

と、河原という刑事、ニヤニヤしている。

「どうしてですか、いったい？」

とエリカが訊《き》く。

「血のついたサンタクロースの衣装が見つかったのさ、こいつの部屋の中で」

と、河原が言った。

「僕は知らない！」

と、幸夫がきっぱりと言った。

「そんなもの、なかったんだ！」

「しかし、ちゃんとあったんだから、仕方ないじゃないか」

と、河原は、胸をぐいとそらして、

「ま、これで平和にクリスマスを迎えられるというもんだ」

警官たちが、幸夫を引き立てていく。エリカは、最後に歩いていく河原の肩をトン、と叩いた。

「何だ？」

「ちょっとうかがっていいですか？」

「何を？」

「今日、昼間、川添さんの部屋を調べなかったんですか？」

「調べたさ」

「そのとき、血のついたサンタの衣装は見つからなかったんでしょ？　どうして今度は見つかったの？」

「昼間は、どこかよその場所に隠しておいたのだ。捜査が終わって、安心して部屋へ持ち込んだ。そこへ我々が踏み込んだ、というわけだ」

河原は得意げに言った。

一応、筋が通っていないこともない。しかし、昼間、だらしなくクロロックにのされていた姿から考えて、そのアイデアは、「借りもの」じゃないか、とエリカは思った。

「どうしてまた、調べようって気になったんですか？」

「そりゃ、私の長年の勘だよ」

と、河原が鼻をピクピク動かす。

「そう。——ね、刑事さん」

「何だ？」

「目にゴミが入りそう。ちょっとかがんで。取ってあげるわ」

「そ、そうか？」

「こっちを見て、私の目を——そう、じっと見て」

ヤッ、と一時的に催眠術をかける。

「ん……うん……？」

河原がフラッとした。かかった！

「さあ、話して。どうしてあの部屋に血のついた衣装があるとわかったの？」

「それは……電話が……」

河原が、トロンとした声で答える。

「電話？　密告ね？」

「うむ……」

「誰から？」

「知らん……。誰か……女の声で……」

「その女は何と言ったの？」

エリカの問いに、河原が答えないうちに、

「河原さん！　行かないんですか？」

と、先に行った警官が大声で呼んだ。

仕方ない。——エリカは、河原の目の前でパチン、と指を鳴らした。河原は、目をパチクリさせる。

「メリー・クリスマス」

と、エリカは言ってやった。

「や、どうも。——メリー・クリスマス。メリー・クリスマス！」

何だか、催眠術が完全にはとけなかったらしく、ちょっとフラつきながら、河原は歩いていった。

「河原さん！　酔っ払ってるんですか？」

「しっかりして！　困るなあ、千鳥足《ちどりあし》で」

といった声が、響いてきて、エリカはちょっと舌を出した。

しかし——さて困った。

もちろん、エリカとて、幸夫のことを、よく知っているというわけではないから、本当に幸夫が犯人である可能性も、ないとはいえない。しかし、今の血のついた衣装というのも、なぜその電話の主が、隠し場所を知っていたのかがわからないし、どうも怪しい。

「きっとそうだわ」

と、エリカは呟《つぶや》いた。

つまり、誰かが、あの部屋へ忍び込んで、血のついたサンタクロースの衣装を隠したのである。そして一一〇番した。

自分が隠したのだから、どこにあるのか、知っていて当たり前だ。

ということは——やはり犯人は幸夫ではないことになる。

「行くしかないな」

と、エリカは自分に言い聞かせるように言った。

本心では、この寒いのに、とあまり乗り気じゃなかったのである。エリカもだいぶ無《ぶ》精《しょう》になったようだ。


赤い車が止まっていた。

もちろん、エリカがいくら名探偵でも、その何の変哲《へんてつ》もない小型車が、「怪しい」と見抜く目を持っていたわけではない。

だから、その車が誰のものか、なんてことは全然気にせずに、問題のマンションへ入ろうとしたのだった。

そして階段の下の所で、バッタリ、鉢合《はちあ》わせしてしまった。——誰に？

いや、エリカの知った顔ではなかった。

だから、ただ「こんばんは」と言ってすれ違っても、何も言わなくたってよかったのだが、ただ、問題がひとつあった。

その若い娘が、見るからに重そうな布袋をひきずっていたことである。

それは、まるで人間が入ってるように見えた。しかも、その若い娘は、エリカと出くわして、ハッと青ざめたのである。

あ、これが、みどりの言ってた、「食べ過ぎで気持ちが悪くなった」娘かもしれないわ、とエリカは思った。

「見たわね」

と、その娘が言った。

「そりゃ、目があるから——」

エリカは正直なところを述べた。

「静かにして！」

その娘は、着込んでいたハーフコートのポケットから、サッと素早く、包丁を取り出した。飛び出しナイフか何かならともかく、いくら小型の肉切り包丁とはいえ、「台所用品」で人をおどかすというのは、多分に無理がある、と言わなくてはなるまい。

エリカに言わせりゃ、まだやっとこ、十一時なのだ。死体をこっそり運び出すのなら、せめて夜中の一時とか二時ぐらいにしてほしいところだった。

こんな時間じゃ、誰かに出くわしても文句は言えない。しかも、その娘、エリカよりよっぽどびくびくしている感じで、包丁を持つ手も、小刻みに震えている。

でも、そこはエリカ、とっさに、

「やめて！　殺さないで！」

と、怖がってみせた。

「おとなしくするのよ」

と、娘が言った。

「わかったわ。——言う通りにするわ」

ここは向こうの出方を見よう、と思ったのである。

「じゃ、これを表の車に運ぶの、手伝って」

「この——細長い荷物？」

「そうよ。さ、向こうを持って」

エリカは、一方の端を持ちあげた。ふたりして、車のほうへ運んでいくと、娘が車のトランクを開けて、その中へとかつぎ入れる。

「これでいいわ」

と、娘はハアハア息を切らしている。

あまり体力のあるほうではないようだ。

「あの——もう、行っていい？」

と、訊いてみたが、そこはやはり、

「とんでもない！」

と、拒否されてしまった。

「車に乗るのよ」

「私が？」

「そう。ずっと手伝ってもらうことになるからね」

「バイト料、出る？」

「早く乗って！」

「はいはい」

エリカが、車の助手席に乗った。

娘は運転席に座ると、エリカを見て、

「逃げようとしたら、命がないわよ」

と、てんで迫力に欠けた脅迫《きようはく》をする。

「わかってるわ」

「じゃ、行くわよ」

娘がアクセルを踏んだ。車が、ガーッと前へ飛び出した。

「キャッ！」

エリカが、本物の悲鳴をあげた。キキーッ、と音を立てて、車が止まる。

目の前に、コンクリートの電柱が迫っていた。ほんの数センチ手前で、車はかろうじて止まっている。

「——あの、あなた、免許持ってるの？」

と、エリカは恐る恐る訊いた。

「失礼ね！」

娘が真っ赤な顔をして、

「当たり前でしょ！　もう免許取って、三日もたつわ」

——エリカは、トランクの死体や包丁よりこの娘の運転のほうが、よっぽど怖かった。

それでも、一応走りだすと、なんとかまっすぐに進み、エリカをホッとさせた。

「——どこに行くの？」

と、エリカが訊くと、

「うるさいわね！」

と、娘が怒鳴り返す。

「運転してるとき、声かけないでよ!」

これじゃ、エリカが逃げ出しても、気がつかないかもしれない。

少し行くと、赤い灯《ひ》が見えた。——パトカーがいるのだ。

警官が、エリカたちの車に向かって手を振る。もちろん、遊んでいるのではなくて、止まれ、と言っているのである。

「止まらなきゃ」

とエリカは言った。

「だめ!　突破するわよ!」

こりゃだめだ。エリカはため息をついた。

エイ、とハンドブレーキを引いて、エリカは車を止めてしまった。

「何するのよ!」

「突破して逃げられると思うの?　あなたの腕で」

さすがに娘のほうはムッとしたようだったが、言い返すこともできない様子。

警官が、エリカの座席の窓へとやってきた。エリカは窓を下ろして、

「何かあったんですか?」

「いや、ちょっと検問中でね。トランクを開けてくれないか」

「そうですか、ご苦労さま」

「うん。だからトランクを——」

　エリカはぐっとひとにらみして、力を集中する。——警官は、フラついて、やっとこ立ち直り、

「ああ——いや、結構です」

「ご苦労さま」

「ああ、ご苦労さん」

「メリー・クリスマス」

　と、エリカは言って、

「さ、行きましょう」

　と、娘を促《うなが》した。

　娘はびっくりしたようにエリカを見つめていたが、やがて我《われ》に返ると、あわてて車をスタートさせた。

「——驚いた。あなた、どうやったの？」

　と娘が訊く。

「ちょっとね。ウインクしてみせたの。私のウインクは色っぽいので有名なのよ」

　と、エリカが出まかせを言うと、娘は、

「あなたのウインクが……？」

と、首をかしげる。

助けてやるんじゃなかった、とエリカは後悔したのだった。

「——ごめんなさい。あなたのこと、誤解してたわ」

と、その娘は言った。

「私、田辺光子《たなべみつこ》よ」

車を、静かな所に止め、やっと一息ついたところだった。

「私、神代《かみしろ》エリカ。——後ろに積んでるの、死体でしょ？　あなたが殺したの？」

「違うわ。信じてくれないかもしれないけど、本当に私がやったんじゃないのよ」

「信じるわ。本当の殺人者にしちゃ、ドジすぎるもの」

田辺光子は、ちょっと心細そうに笑って、

「全くだわ。私って、無器用でね、何やってもだめなの」

そんなふうには見えない。小柄《こがら》ながら、可愛《かわい》い娘である。エリカが言った。

「私、十九歳。同じ？　——でも、いったい何があったの？」

「ルームメイトなの、私の」

と、田辺光子は、目を伏せ、

「申し訳ないと思ってるんだけど……」

「ルームメイト……。じゃ、お友だちが殺されたのに、一一〇番もしないで、死体を運び出してるわけ？」

「ええ。――いろいろ事情があるのよ」

「そりゃわかるけど……。あなた、犯人がわかってて、かばってるの？」

田辺光子がハッと息を呑《の》んだ。

「どうしてそんなことを……」

「あなたって嘘《うそ》のつけない人ね」

と、エリカは苦笑いして、

「川添幸夫を知ってるの？」

「あなた……」

田辺光子は、目を見開いて、サッとナイフ――いや、包丁を取り出した。

「彼のことをどうして知ってるの？」

「やめなさいよ、刃物は」

エリカが、ちょっと手を上げて、力を集中すると、田辺光子が「キャッ」と声を上げ、包丁はパタッと下へ叩き落とされてしまった。

――田辺光子は、体中で息をついた。

「話してみてくれない？」

エリカの言葉に、田辺光子は、ゆっくりと肯《うなず》いた。

「あなたって、不思議な人ね。人間じゃないみたいだわ」

「そう？」

「それで美人だったら、本当に人間離れして見えるでしょうね」

エリカは、この娘、少し正直すぎるわ、と思った。

「私、川添幸夫君のこと、好きなの」

と、田辺光子は言った。

「じゃ、付き合いがあったの？」

「高校で一緒だったから……。でも彼のほうは、女の子どころじゃなくて。――よく勉強して、真面目《まじめ》だったわ」

「へえ……」

幸夫の話では、およそ女の子にもてたことなんかないみたいだったが……。

「幸夫君のほうは、あなたの気持ち、知ってたのかしら？」

「わからないわ」

と、肩をすくめて、

「だって、幸夫君のこと好きな女の子、たくさんいたんだもの」

「たくさん――？」

「殺されたルームメイトの子もそうだったのよ。信田《しのだ》信代《のぶよ》っていうんだけど……。やっぱり幸夫君が好きだったの」

何だか、いやにもてたように聞こえる。

「昨日殺された佐山由子《さやまゆうこ》って子、知ってる？」

「もちろん」

「彼女は、別に幸夫君のこと、何とも思ってなかったんでしょ？」

「わからないわ」

と、首を振った。

「というと？」

「一時はかなり親しいって噂《うわさ》だったの。でも、本当かどうか、確かめたわけじゃないから……」

「幸夫君に訊いてみればよかったのに」

「怖いもの」

と、田辺光子は微笑《ほほえ》んで、

「もし、彼に、本当に好きな人がいるとわかったら、ショックだもの。それなら知らないほうがいい、と思ったの」

そんなものかしら、とエリカは首をひねった。

もちろんエリカとて、恋の経験がないではない。豊富、ともいえないのは残念だが……。

「佐山由子を殺した、という容疑《ようぎ》を、彼がかけられているのは知ってる?」

「ええ、もちろん」

「どこで聞いたの?」

「彼女から」

と、田辺光子は、車の後ろの方を指さして、言った。

「信田信代さん――だっけ? 彼女はどこから聞いたのかしら?」

「本人からだと思うわ、もちろん」

「本人って――幸夫君から?」

「ええ。今夜、彼女、幸夫君と会うことになってたんだもの」

エリカは、ちょっと首をかしげた。

「会うことになってた……。つまり、どこか外で?」

「あのマンションよ。私と彼女、ふたりで借りてる部屋なの」

「じゃ、あなたも一緒に?」

「いいえ。そういうときは、お互い、部屋を空《あ》けることになってるのよ」

「へえ。――でも、あなたは平気だったの?」

「平気じゃないわ。だけど……仕方ないじゃないの。幸夫君が彼女を選んだんだもの」

田辺光子の声が、ちょっと震えた。泣きたいのを、こらえているのだ。

こういうことは、他人が同情したり慰《なぐさ》めたりしたところで、どうなるものでもないのだ。エリカは、黙っていることにした。

でも、妙だわ、とエリカは思った。今夜、幸夫が信田信代と会うことになっていた、とこの娘は信じている。

嘘をついているとは、とても思えなかった。しかし、幸夫は、エリカの所にいたのだ。

いや——もちろん、みどりがサンタクロースに出くわしてひっくり返ったのは、その前だから、幸夫が信田信代を殺した後で、エリカの所へやってきたと考えれば、不可能ではない。

でも——あのときの幸夫は、全く平静で、いつもの通りだった。

いくら、冷酷な殺人犯だって、人を殺した後は、少しは動揺しているものではないか……。

何だかスッキリしない気分だった。

「それで——」

と、エリカは気を取り直して、

「あなたは、死体を見つけて、てっきり幸夫君が犯人だと思ったのね。それで、彼をかばおうとして、死体を運び出した……」

「いけないことだって、わかってはいるの。でも、どこか遠くへ運んで、置いてくれば、疑いが――」

恋というのは、人に理性を失わせるとしても、恋人が殺人犯だとわかって、なおもかばおうという気になれるものだろうか？

エリカには、わからなかった。

「やっぱりいけないわよ。ちゃんと一一〇番して、真相を確かめなきゃ」

と、エリカは言った。

「それに、本当に幸夫君がやったかどうかだって――あなた、殺したのを見てたわけじゃないんでしょう？」

「ええ……」

「じゃ、彼を信じたら？」

田辺光子はじっとエリカを見つめていたが、やがて、フッと微笑んで、

「わかったわ。私、どうかしてたのね」

と言った。

「じゃ、マンションに戻りましょ」

と、エリカは言った。

クリスマスの朝

「まあ、それじゃ——」

千代子《ちよこ》が目を丸くした。

「そうなのよ」

エリカは、肯《うなず》いてから欠伸《あくび》をした。

いくら夜に強い吸血族でも、本来、昼間は眠っているのである。それを、やっとこ夜型に合わせているエリカとしては、やはり寝不足は人間並みに辛《つら》い。

朝。——クリスマスの当日である。

千代子とみどりは、結局（というか、最初の予定通り）、エリカのマンションに泊まっていた。

「ああ、眠い」

と、みどりがエリカにつられて大欠伸をした。

「食欲出ないわね、こう寝不足だと」

そう言いながら、みどりは早くも三枚目のトーストに取りかかっている。

それを見ていると、エリカのほうは、ますます食欲を失うのだった。

「妙な話だの」

と、クロロックは爽《さわ》やかな顔で言った。

「妙どころじゃないわ。トランクから、死体が消えちゃったんだから！」

エリカは、そう言って、ブラックのコーヒーをガブリと飲んだ。

そうなのだ。田辺光子《たなべみつこ》の危なっかしい運転で、マンションに戻って、いざトランクを開けてみると、中は空っぽだった、というわけである。

「絶対にトランクに入れたの？」

と、千代子が訊《き》く。

「もちろんよ」

「他の車と間違えたんじゃない？」

「みどりったら――乗ってた車のトランクよ。間違えるわけないでしょうが！」

「そりゃそうね。でも、ハムエッグは冷めないうちがおいしいわ」

みどりの場合、どんな話の中にでも、食べものの話は出入り自由なのだ。

「車の底に穴が開いてて、落っこったんじゃない？」

と、千代子が言った。

「そんなに大きな穴が開いてりゃわかるわよ」

「じゃ、結論はひとつだ」

と、みどりが宣言した。

「――何よ？」

「死体が、勝手に出てったのよ」

「乗り心地が悪いから？　――それは理屈だわね」

エリカは、また欠伸をしながら、全然味のわからない朝食を食べ始めた。

クロロックのほうは、もう食事を終えて、新聞を眺めていたが……。

「そうかもしれんぞ」

と急に言った。

「何よ、突然」

と、エリカがクロロックをにらむ。

「いや、今の話だ。死体が出ていったのかもしれん」

「吸血鬼の映画じゃあるまいし」

と、エリカはため息をついた。

「ここに出ている。――若い女の死体が、林の中で見つかった。名前は、信田《しのだ》信代《のぶよ》だ」

エリカは唖然《あぜん》とした。

「見せて！」

と、クロロックの手から新聞を引ったくる。

「おい。――そういう乱暴なことでは、嫁に行けんぞ」

「さしあたり、そんなことどうだっていいでしょ」

「ワア」

と、突然声をあげたのは、虎《とら》ノ介《すけ》である。

そう。――確かに、信田信代だった。年齢も合う。

同姓同名の同じ年齢の子が、この近くでふたりも殺されるなんてことはあり得ないから、あのトランクの死体だった、と考えるべきだろう。

「現場はこの近くね」

と、エリカが言うと、千代子が、

「名探偵としては、早速行ってみる、ってわけね」

と、冷やかした。

「仕方ないでしょ！」

エリカは言い返した。

「そうしなきゃ小説が先に進まないんだから！」

「私、行かない、っと」

みどりは訊かれる前に宣言した。

「私も、今日はクリスマスだから、虎ちゃんと遊んでやらなくては……」

と、クロロックはニヤニヤしている。

「会社はどうしたの？」

「会社か？　今日は臨時休業だ。いや、この聖なる日に、仕事などしていては、キリストに申し訳ない」

「自分がサボりたいもんだから！　――そんなに休みばっかりふやしてる社長なんて、聞いたことないわ」

「しかし、社員は喜んどるし、成績も上がっとるぞ」

と、クロロックは胸を張って言った……。


雪はすっかりあがっていた。

青空が頭上に広がって、気持ちのいい朝だった。もちろん、空気は冷たいが、それもいささか寝不足の頭には快《こころよ》い。

雪に陽《ひ》の光が反射して、ちょっとまぶしいくらいだった。

エリカは、雪の道に足を取られて苦労しながら、新聞に出ていた殺人現場へと、足を向けた。たぶん、せいぜい二十分ぐらいのところのはずだ。

——エリカの勘《かん》はピタリで、住宅地の間、ほんのわずかに残った雑木林《ぞうきばやし》のあたりに、パトカーが何台も見えている。

「——入っちゃいけないよ」

と、警官が止めようとする。

「私、関係者です」

「あ、そう。——どういう関係?」

「無関係」

古いシャレを言って、エリカは警察がポカンとしている間に、さっさと林の中へと入っていった。

「エリカさん!」

と、田辺光子が、エリカを見つけて、駆けてくる。

「新聞で見てきたの。——やっぱり?」

と、声を低くする。

「ええ。でも——どういうことなんでしょう?」

「わからないわ。現場は?」

「その奥です」

木立を分けて入っていくと、エリカの前にヌッとフランケンシュタインが——いや、河原《かわはら》刑事が顔を出した。

「なんだ、またあんたか」

「また刑事さんですか」

「殺しとなりゃ、専門だ」

河原は、ちょっと気取って言った。

「犯行時間は？」

「うむ。——業務上の秘密だ」

「ケチ！　ゆうべケーキをあげたじゃありませんか」

「ケーキ？　そうだったかな」

もちろん嘘《うそ》である。しかし、この刑事、いたって暗示にかかりやすい、と見抜いている。

「それじゃ、教えてやらなきゃ申し訳ないな」

「そうですよ」

「殺されたのはゆうべだ」

「そりゃそうでしょうけど。——もう少し、詳しくわからないんですか？」

「雪の中に埋もれとったので、はっきり時間が出せんのだ。今、検死官が見ているが
——」

とにらんどる」

「うむ。川添幸夫《かわぞえゆきお》のガールフレンドのひとりだったのだ。やはり、あいつがやったんだ
とにらんどる」

「だけど――幸夫君は警察にいたんでしょ、ゆうべは」

「あの前にやったとも考えられる」

それはまあ理屈である。しかし、幸夫がどうしてそう次から次へと恋人を殺さなきゃ
ならないんだ?

「死体があったのはどこですか?」

と、エリカが訊く。

「その、雪がへこんでいるところだ」

と、河原が指さす。

なるほど、雪が、ほぼ人間の体ぐらいの広さに、ボコッとへこんでいる。

エリカは、そのそばにかがんで、じっと見つめた。

吸血族は、目も鋭いのである。

ゆうべ、あの車のトランクから死体を誰かが運び出して、ここへ置いたのだろうか?

「――違うわ」

と、エリカは呟《つぶや》いた。

「何が違う？」

「いえ、別に」

と、エリカはごまかした。

信田信代は、ここで殺されたのではないか、と思った。

雪が溶けていたのである。もし、冷たくなった死体を置いただけなら、溶けはしないだろう。溶けているのは、ここに置かれたとき、まだ死体にぬくもりがあったからではないのか。

「──わかりました」

と、エリカは立ち上がって、

「お邪魔《じゃま》しました」

一応、礼を言った。

「いや、どういたしまして」

河原のほうもいやにていねいである。

「幸夫君はまだ警察に？」

「うん。しばらくはいてもらう」

「じゃ、その間にサンタクロース殺人があれば、犯人は幸夫君じゃないってことになりますね」

「そう殺人があっちゃ困る」

と、河原が顔をしかめて、

「わしにも、女房子供があるのだ。クリスマスはせめて家で過ごしたい」

「ご苦労さまです」

エリカも、この刑事に多少は同情してもいいかな、と思った。

「――なるほど」

エリカの話を聞いて、クロロックも、肯いた。とはいえ、虎ちゃんの後を追い回しながらである。

「こら！　危ないぞ。――してみると、同一犯人ではないかもしれんな」

エリカは、冷えた手足をこすりながら、

「でも、どうして幸夫君のガールフレンドが殺されるわけ？」

「そりゃ何かわけがあるのだろう」

「もうちょっとましなこと言えないの？」

「連続殺人といっても、どれもが最初から計画されたものとは限らん。第一の殺人が第二の殺人を呼ぶ、ということも――こら、そんなもの、口に入れてはいかん！」

まったく、わけがわからない、とエリカはため息をついた。

初めは佐山由子《さやまゆうこ》が殺された。——これが第一の事件だ。

目撃者は、サンタクロースの衣装を着た人間が逃げていくのを見た。もちろん、それが川添幸夫だったのかどうか、そして、そのサンタクロースが犯人かどうかも、確実ではない。

しかし、警察は、幸夫を疑っている。幸夫は佐山由子に振られたからだ。

しかし、田辺光子の話では、幸夫は割合女性にもてていたという。由子に振られたというのは——川添千恵《ちえ》の話、それに幸夫自身もそう言っていた。

こういう類《たぐい》の話は、本人が言ったからといって、それが正しいとは限らない。

普通に考えたら、「振られた」と言うより「振った」と言うほうが、聞こえがいいだろうが、男性のタイプによっては、必ずしもそうではない。

川添幸夫の場合はどうだろう？

「——あの若者の場合は、男だからといって、女を引っ張っていく、というタイプではないからな」

と、エリカの意見に、クロロックも、肯いた。

「つまり——」

「むしろ、女性の母性本能を刺激するタイプだろう」

「可哀《かわい》そうに、って感じ？」

「そうだ。彼の場合は、振られたことをアッサリ語って、相手に同情される。それがもし、意識的にやっているのなら、相当なプレイボーイだよ」

「そうだと思う?」

「わからん」

と、クロロックは肩をすくめて、

「ただ、どっちの可能性もある、ということを忘れるな。本当に、見かけ通りの、真面《まじ》目《め》人間とも考えられる」

しかし、彼は信田信代とあの部屋で、ふたりきりで過ごすことになっていたのだ。

——それはどうも「プレイボーイ」の像のほうに近いように思える。

「——ひとつ、矛盾《むじゅん》があるのよ。もし、幸夫君が犯人だとすると」

「何のことだ?」

「みどりがぶつかったサンタクロースが、もし幸夫君で、信田信代を殺してきたところだったとすると、林の中で見つかった死体の周囲の雪が溶けてたのはなぜかしら?」

「それにもうひとつ——」

「わかってるわ。幸夫君の部屋に、血のついた衣装があったこと」

「あれは、誰かがわざと隠しておいて、警察へ通報したのだとしても、それがいささか見えすいておる」

「そうね」

「まあ、女は怖い、というのが教訓だな」

　クロロックは突然、結論を出した。

「何よ、いきなり」

「ともあれ、事件のヤマは今日だな」

「どうして、そんなことがわかるの？」

「明日になってもサンタクロースがうろついていては、サマになるまい」

「そうか。――今日がクリスマスだものね」

「不便なものだな、サンタクロースなどというのは」

　と、クロロックは顎《あご》をさすりながら、

「その点、吸血鬼は一年中、いつでも出られる。真夏にゃ、このマントがちょっと暑いから遠慮するが、来年あたりはメッシュのマントにでもして――」

「馬鹿らしい」

　エリカは立ち上がった。

「――出かけてくるわ」

　玄関のほうへ行きながら、エリカは、台所へ声をかけた。

「あら、どこに行くの？」

と、涼子《りょうこ》が顔を出す。

「ちょっとデパートに行ってくる。人ごみを歩いたら、何かいいこと考えつくかもしれないから」

普通に考えると逆のようだが、エリカのような世代は、むしろ人ごみのほうが精神集中のできる環境なのである。

むしろ、人のいない、林の中なんか歩いていると、

「何か、音楽でも聞こえてこないかな」

と思ってしまう。

クロロックなどは大いに嘆《なげ》くだろうが、それが世代の違い、というものなのである。

「そう。でも――みどりさんたちは？」

と、涼子が言った。

「いいわよ。放っといて。食べるものがなくなりゃ帰るでしょ」

と、エリカも、友人にしてはひどいことを言っている。

エリカが玄関を出て歩きだすと、

「待ってよ！」

と、みどりの声がして、ドタドタと追いかけてくる。

「何よ、ふたりとも」

みどりと千代子、ふたりして追いかけてきたのである。

「デパート、一緒に行く！」

と、みどり。

「買い物じゃないのよ。考えごとに行くんだから」

「いいわよ。つきあうわ」

「だけど――」

「途中、何か飲むぐらいのことはするんでしょ？　お昼も食べるでしょ？」

要するに、みどりは食い気《け》なのである。

「私、欲しいものがあったの」

と、千代子は言った。

「だけど、そこへ行くかどうか、わからないわよ」

「エリカは考えごとするんでしょ？」

「そうよ」

「どこの売り場だと、考えごとがしやすい、とかあるわけ？」

「そりゃないけど――」

「だったら、いいじゃない、私のほうにつきあっても」

エリカも、この理屈には負けてしまった。

「じゃ、いいわ。行きましょ」

と、ため息をついて、エリカはふたりを促《うなが》した……。

雑踏の問題

　エリカがいくら「新しい世代」で、人ごみの中の孤独を愛する、といったところで、それもやはり程度問題ではある。


「押さないでください！」

「大変混雑しております――」

「スリや置き引きが多くなっておりますので、充分ご注意――」

「迷子のおたずねをいたします」

「ジングル・ベル……」

「原稿はお早く」

「ママがいないよ……」

「何やってんの！　ぐずぐずしてると置いてくわよ！」


　店内放送を、ヒステリックな母親の絶叫が時に圧倒する。

「エリカ……」

「また会う日まで！」

——つい、メロドラマのワンシーンでも、やけになって演じたくなるような混雑であった。

まあ、それも無理はない。何しろクリスマス当日のデパートである。

この日が満員にならなかったら、デパートの社長が青くなるかもしれない。

「——ああ、参った！」

やっと空《す》いた所へ出て、エリカは息をついた。——空いているはずで、そこは階段だったのである。

「エリカ——何か、いい考え、浮かんだ？」

と、千代子も息を弾《はず》ませている。

「いい考え？　そうね。来るんじゃなかった、って考えが浮かんだわ」

「それ正解だわ」

と、千代子が肯《うなず》いて、

「私、買い物する気がしなくなった」

「疲れた！」

「千代子《ちよこ》！」

「みどり！」

みどりも、さすがにハアハア言っている。

「帰る？　もう帰る？」

「みどり、何も食べないで？　冗談じゃないわよ。今年一年に悔《く》いを残したくないわ！」

ここまで来れば立派なものだ。

「だけど、食堂なんかきっといっぱいよ」

と、千代子が言った。

「いつかは空《あ》くわ。私、食べるためなら、待つのは平気！」

とてもついていけないわ、とエリカは思った。

「ともかく、ここで少し休んで――」

と、エリカが言いかけると、

「ちょっと――ちょっと、どいてください」

と、声がした。

両手いっぱいに荷物をかかえて、目の前がよく見えないらしい男が、危なっかしい足取りで、階段を下りてくる。

エリカは、はて、と思った。その男の顔も、荷物のせいでよく見えないのだが、声に聞き憶《おぼ》えがある。

と、見ていると、男がふらついた。足下が見えないので、階段を危うく踏み外しかけたのである。

「あ――」

と、千代子が声を上げた。

「あ……あ……あ」

期せずして、エリカ、千代子、みどりの三部合唱になった。

が、合唱では、崩れ落ちてくる荷物の山を食い止めることは――当然のことながら――できない。

エリカの力をもってしても、荷物を支えることはできなかった。

ドドッ、と荷物が音をたてて床に散らばった。

「わっ！　大変だ！　――し、しっかりしろ！」

男はひとりであわてながら、荷物を拾い集めた。――エリカは、目を見張って、

「なんだ、刑事さん！」

と、声を上げた。

「ん？　――やあ、君か」

河原《かわはら》刑事なのだ。

「買い物？　――あ、手伝ってあげるわ」

エリカが拾い集めた荷物を、近くの公衆電話の台の所へ積み上げる。

「いや、すまん。やれやれ、ぐったりだよ」

と、河原は額《ひたい》の汗を拭《ぬぐ》った。

「刑事さん、ひとりなの？」

と、エリカは訊《き》いた。

「いや、女房と子供も一緒さ。今日の昼間だけ、家族サービスだよ」

「へえ。じゃ、また夜には——」

「捜査本部へ戻る。ま、仕方ないさ。これが商売だからな」

「大変ですね。奥さんたち、どこにいるんですか？」

「八階だよ」

「あ、オモチャ売り場？」

「そこから娘のやつが動かないんだ。仕方ないから、女房が娘を見てて、その間に、こっちが買い物をしてるってわけさ」

「もう済んだんですか？」

「いや、あと少しだ」

「でも、持てないでしょ？」

「何とかなるさ。——うまく持たせてくれんかな？」

「いいですよ」

エリカが手伝って、河原に荷物を持たせてやったものの、前方の視界がろくにきかないのは、少しも変わらない。

「これじゃ、またひっくり返るわ」

と、エリカは腕組みをして、

「みどり、千代子。——この人、手伝ってあげたら？」

「いいわよ」

千代子は、快《こころよ》く承知した。みどりも快く——ただ、昼ご飯をたっぷり、という条件つきで——手伝うことになる。

「やあ、これはすまん。いや、まったく助かったよ！」

「私たち、八階へ行って待ってるわ。奥さんたちもいるんでしょう？」

「うん。待ってろ、と言ってある」

「じゃ、残りの買い物が終わったら、来てください。八階に行ってますから」

「すまんね。急いで行ってくるから」

「いいですよ。ごゆっくり」

エリカは、河原が汗をふきふき、階段を駆け下りていくのを見て、苦笑した。

「刑事も、ひとりの父親に変わりはないのね」

と、千代子が言った。

「そりゃそうよ」

「少し恩を売っとこうかなあ」

と、みどりが言いだした。

「みどり、将来お世話になる予定があるわけ？」

荷物をかかえて階段を上りながら、エリカが訊いた。

「車の免許取ろうと思ってんの。そしたらさ、一回や二回、違反は見逃してくれるんじゃない？」

こりゃ、連続殺人より恐ろしいや、とエリカは思った……。


八階はまた、他のフロアに輪をかけた混雑だった。

だいたい、いつだって混んでいるのが、特売場とオモチャ売り場だ。今日はまたクリスマスときている。売るほうも必死である。

「凄《すご》いわね」

と、千代子が目を丸くして、

「どこにあの刑事の奥さんたちがいるか、わかんないじゃないの」

「私たちが捜す必要ないわ。——この辺に立ってましょ」

と、エリカは言った。

オモチャ売り場の混雑は、子供の泣き声やら母親が叱《しか》りつける声で、よけいにひどい印象を与えるのだ。

特に聴力のほうも敏感なエリカとしては、しばらく立っているだけで頭痛がしてくる。

「あ、あのロボット、面白い」

とか、みどりなどは結構楽しんでいるが、エリカはどうもそういう気分になれなかった。

何といっても、今度の事件のことを考えるべく、デパートへやってきたのだ。ボケッと立っているだけでは仕方ない。

「——お父さんはお仕事があるんだからね」

という声が、エリカの耳に入ってきた。

見れば、やっとこ五、六歳の女の子を連れた母親が、くたびれ切った様子で、しゃがみこんでいるのだった。

「パパ、何か買ってくれるかなあ」

と、女の子が言った。

「そうねえ……。いい子にしてれば、きっとね」

「パパ、忙しいんだね」

「そうよ、お巡《まわ》りさんなんだから」

え？　——エリカは、女の子の顔をまじまじと見つめた。

そういえば、河原とよく似ている。それじゃ、この親子が……。

「でも、ママ」

「なあに？」

「あんなに忙しいのに、どうしてパパの月給は安いの？」

これには母親もぐっと詰まってしまった。エリカは、笑いだしそうになるのを、なんとかこらえた。

——はてな。

それがエリカの目に留まったのは、偶然だった。いや、やはり今度の事件のことを考えていたせいではあろう。

サンタクロースが、人ごみの中を歩いていったのである。

もちろん、デパートのオモチャ売り場に、サンタクロースの格好をした人間がいたって、おかしくはない。ただ……。

本当なら、もうサンタの役目はゆうべで終わっているのだ。もう、姿を消していいのである。

ちょっと小柄《こがら》なサンタクロースで……。衣装がダブダブの感じだった。

とはいえ、エリカの目に入ったのはほんの一瞬で、たちまちサンタクロースの姿は、混雑の中に紛《まぎ》れてしまった。

「何やってんのかしら、あの刑事さん。遅いわね」

と、千代子が言った。

「そうね」

エリカは上《うわ》の空《そら》で答える。まだ、何となく今のサンタクロースが気になっているのである。

すると、そこへ、ドタドタ、と足音がして——しかし、小さな足音だった。

「ワア!」

「虎《とら》ちゃん!」

エリカは目を丸くした。駆け寄ってきたのは虎《とら》ノ介《すけ》だったのだ。

「こら! 勝手に行くなと言っとるだろうが!」

ハアハア言いながら、追いかけてきたのは、もちろんクロロックである。

「お父さん、どうしたの?」

「いや、おまえたちがデパートへ行ったら、急に涼子《りょうこ》のやつも、デパートへ行きたいと言いだしてな。仕方ないから、こいつも連れてきたのだ」

これじゃ、事件のことを考えるどころじゃない!

エリカは、諦《あきら》めることにした。

「お母さんは？」

「うむ。何だか下の階で、安売りを見てくると言っとった。その間、虎ちゃんをここで遊ばせといてくれ、と――」

クロロックは、エリカたちの荷物を見て、

「何だ、おまえたち、そんなにいろいろ買う金がどこにあったんだ？　ヘソクリがあるなら、私にも貸してくれ」

「違うのよ。これは――」

と、エリカが説明しかけたときだった。

ふと、赤いものが動くのが目に入った。あの赤は――サンタクロースの赤みたい。

サンタクロースだ。

あの母親――たぶん、河原の妻だろう――が、電話をかけている。そのそばで、女の子がつまらなさそうに、荷物の上に腰をおろしていた。

その女の子の前に、サンタクロースが立った。女の子がニッコリと笑いながら見上げる。――サンタクロースが、女の子のほうへかがみこんで、何か話しかけていたと思うと、女の子の手を取った。

ヒョイ、と立ち上がって、女の子がサンタに手を引かれて、トコトコ歩きだした。母親のほうは、周囲がやかましく、電話の声がよく聞こえないのだろう、耳を手でふさいだりして、懸命《けんめい》に（？）話をしている。娘が歩いていくのに、まるで気づいていない。

「変だわ」

と、エリカが荷物を千代子へ押しつけた。

「これ、持ってて！」

「ええ？　何よ、ちょっと——」

「みどり！　虎ちゃんを見てて！」

エリカが歩きだすと同時に、母親のほうが、やっと電話を切って振り向いた。

「まあ——サッちゃん！」

と、声を上げる。

エリカは、クロロックの手をぐいと引っ張った。

「おい、何だ！　私はここでカミさんを待っとらんと——」

「それどころじゃないのよ！」

エリカは、人ごみの中へ紛れていくサンタクロースの「赤」を、必死で見失うまいとした。

「サッちゃん！　サッちゃん！」

と、母親のほうも青くなってる。

「ここにいて」

エリカは、母親に声をかけた。

「え？」

「今、私たちが捜してきますから。あなたはここにいてください」

「でも――」

「私たち、ご主人の知り合いです。ご心配なく。――さ、お父さん」

呆気《あっけ》に取られている母親を残して、エリカたちは、人ごみをかき分けて進んでいく。

「――なるほど、あれがあの刑事の女房か」

クロロックはエリカの説明を聞いて、肯いた。

「なかなかいい女だ。あの刑事にはもったいない」

「何言ってんの！　それより、お父さんのほうが背が高いんだから、サンタクロースを見失わないでよ！」

「わかったわかった。そうギャアギャア言うな。だんだん母さんに似てくるぞ」

「悪かったわね！」

と、エリカがかみつきそうな顔で――吸血鬼がかみつくのは当然か――言った。

「――おい、待て」

と、クロロックが言った。

「どうしたの？」

「おかしいぞ。あれがサンタクロースか？」

エリカにも見えた。――人ごみがスッと左右に割れて（上下に割れることは、あまりない）、赤いコートを着たどこかのおばさんが、男の子の手を引いている。

「いけない！　どこかで間違ったんだわ」

エリカが今度は青くなる。

「待て。一刻を争うのか？」

「もちろんよ」

「よし」

クロロックが、人をかき分けたと思うと、ダッと床をけって飛び上がった。

フワリ、とマントが広がって、クロロックは、飾ってある大きなクリスマスツリーのてっぺんにしがみついた。

「――あそこだ！」

と、指をさすほうへと、エリカが駆けだす。

クロロックも急いで――と思ったのだが、何しろ大混雑の中、突然、変な格好の外国人がクリスマスツリーによじのぼったのだ。たちまち人が集まってきて、

「ありゃ何だ？」

「新手《あらて》の宣伝じゃない？」

「コアラみたいだな」

と、大騒ぎ。

「あら、靴がずいぶんすり減ってるわ」

「ズボンのお尻《しり》がほころびかけてる！」

と、女性の目はきびしい。

下りるに下りられなくなったクロロック、焦《あせ》ってキョロキョロしていると——もともと、大して丈夫な木ではない、つかまっていたあたりがメリメリと音をたてて折れてしまった。

「キャーッ！」

「痴漢《ちかん》！」

上から落ちてきて、なぜ痴漢なのかわからないが、ともかくクロロック、みごとに人ごみの真ん中へと墜落《ついらく》した。

「エリカ！」

あわてて、人を押しのけつつ、エリカの後を追っていったが……。

「まったく、いいトシをして、困ったもんですな」

デパートの警備主任が、苦《にが》り切った顔で言った。

「酒も、ほどほどにしてください」

「申し訳ありません」

涼子が深々と頭を下げる。

「突然、木によじのぼるとはね。ま、電柱によじのぼってる人はよくいるが……。今後は気をつけてくださいよ」

「今日はクリスマスですぞ」

と、クロロックは涼しい顔で言った。

「はあ？」

「赦《ゆる》しの季節です」

――やっと解放されて、事務室から売り場のほうへ戻ると、河原刑事が、女房、子供を連れて待っていた。

エリカが、娘を連れ戻したのである。

「どうもありがとうございました」

河原夫婦がクロロックに頭を下げる。

「いやいや。なかなかいい運動になったからな」

と気取ってみせる。

「冗談じゃないわ、恥かいて」

涼子がキッと夫をにらむ。

「それで、エリカ。例のサンタクロースはどうしたんだ？」

「追いつきそうになったら、この子を置いて逃げてったわ。残念だけど、まず、子供のほうを保護しないと」

「いや、まったく」

と、河原が首を振って、

「そんな大事なときに、こっちは買い物をして回ってたんだから！」

「仕方ないわよ、あなた」

「うむ。——それよりうちの娘を助けていただいて、ありがたいと思ってます」

「いいえ」

と、エリカは微笑《ほほえ》んだ。

「ぜひ何かお礼をしたいのですけど」

と、河原の妻が言った。

「それじゃ、運転免許、もらえません？」

と、みどりが口を出した。

「いくら何でも——」

エリカが苦笑《にがわら》いした。

「ねえ、ママ」

と、サッちゃんが言った。

「あのサンタのおばさん、どうしたの？」

「サンタのおばさん？」

エリカが目をパチクリさせて、

「サンタさんは、おじさんでしょ？」

「だって、あのサンタさん、おばさんだったよ」

エリカとクロロックは顔を見合わせた。

「なるほどな」

と、クロロックが肯いて、言った。

「なぜあんたの娘が狙《ねら》われたか、それでわかるというもんだ」

河原は、わけがわからない様子で、娘を眺めていた……。

恋は命がけ

クリスマスも夜に入って、また雪になっていた。

前の晩よりもかなり本格的に降り始め、夜中、十二時になったころには、もう新たな雪が、十センチ以上、降り積もっていた。

「おお寒い……」

エリカは足踏みをした。

「何のこれしき」

と、クロロックが強がる。

「あの故郷、トランシルヴァニアの寒さに比べれば――ハクション！」

「ほらほら。――大丈夫？　だから、気取ってマントだけなんかで来ないで、オーバーでも着てくりゃよかったのよ」

「いや、吸血鬼がオーバーを着たのでは、イメージがこわれる」

ま、そりゃそうだが。

「ちゃんと持っとるのだ」

「何を？」

「ほれ」

と、クロロックは、粉末の入った、小さなカイロを取り出してみせた。

「これがあちこちに五つ入っている。結構あったかいぞ。どうだ、ひとつ貸してやろうか？」

「いいわよ」

エリカは少々呆《あき》れて言った。そっちのほうが、よっぽどイメージがこわれる！

ふたりは、あの田辺光子《たなべみつこ》と信田信代《しのだのぶよ》のいたマンションが見える所に立っていた。一応、雪から身をよけてはいるのだが、すでに閉店した店の軒先《のきさき》では、暖房完備とはいかない。

「本当に出てくるかしら？」

と、エリカは言った。

「私の目に狂いはない」

と、クロロックは断言してから、

「たまにしか、な」

とつけ加えた。

「冗談じゃないわよ、この寒さの中で――」

エリカは、せっせと手をこすり合わせながら言った。

「だけど、お父さん、あの河原《かわはら》って刑事に、何も言わなくていいの？」

「すべてがわかってからでも遅くはないわよ」

「向こうがそう思わないかもしれないわよ」

「それは勝手だ。こっちはこっちの考えで行動すればいい」

河原刑事もそう考えてくれるといいけどね、とエリカは思った……。

「もうすぐ十二時十分……。もう十二月二十六日になったんだわ」

「ハッピーニューイヤー」

「少し早いわよ」

エリカはそう言ってクロロックをちょっとにらんだ。

「誰か出てきたぞ」

と、クロロックが言った。

なるほど、マンションから人影が現れた。

エリカが乗せられた、あの赤い車は、マンションから少し離れた道端に止めてあって、だいぶ雪をかぶっている。

「どうだ？」

と、クロロックが言った。

「田辺光子だわ」

そう。間違いない。

中の明かりに照らされて、顔もはっきり見えたから、間違いはないのだが――しかし、どことなくおかしい。

まるで酔っ払ってでもいるかのように、足取りが、もつれているのである。車のほうへと歩いていくのだが、ほんの数十メートルの距離を、いかにも苦しく、辛《つら》そうに歩いていく。

途中、二度も立ち止まって、頭を垂《た》れ、休んでいた。

やっと車に辿《たど》りつくと、今度は、キーをドアの鍵穴《かぎあな》に差し込もうとして手間取っている。雪の中に落としたのか、かがみこんで捜したりしている。

エリカは、可哀《かわい》そうになって、出ていきたいのを、なんとかこらえていた。――やっぱり私は根が優しいんだわ、などと自分に感動している！

やっと、ドアを開け、田辺光子は車の中に入った。

「どうする？」

と、エリカがクロロックを見た。

「なに、運転できんさ。あの体ではな」

「だけど――」

「まあ見ておれ、諦《あきら》めて降りてくるから」

クロロックは自信たっぷりである。

「そう？」

エリカは車のほうへ目を移した。――なるほど、エンジンまではかけたものの、なかなか車は動きださない。

「さすがにお父さん、いい勘《かん》ね」

と言ったとたん、赤い車が、ワッと一気に走りだした。

そして呆気《あっけ》に取られているエリカたちの目の前を走り抜けていった。

「お父さん……」

「もうひとり、乗っていたぞ！　赤い服が見えた」

「サンタクロースだわ！　車の中に隠れてたのよ！」

「追いかけるぞ！」

クロロックが、雪の中へと駆け出していった。

エリカも後を追ったが、そこはやはり、「純血の吸血族」と「ハーフ」の差。とても父にはかなわない。

クロロックは、雪をけ散らし、猛然と赤い車を追っていった。スキーはできないくせに、不思議と走るのは平気なのだ。

赤い車の上に身を躍らせると、屋根にペタッとはりつくように着陸。フロントガラスに手をぐっと押し当てた。

ガラスに、細かくひびが入って、全面が真っ白になる。

急ブレーキを踏んで、車がスリップした。その弾《はず》みで、クロロックの体が雪の中へ放り出される。

車から、転がるように出てきたのは、サンタクロースだった！

戸惑ったように、周囲を見回し、それからあわてて走りだす。しかし、どう見ても速いとは言えない足取りだった。

エリカが駆けつけてくるのと、クロロックが、やっとマントの雪を払い落とすのと同時だった。

「お父さん、大丈夫？」

「ああ。――車の中の女だ」

「わかってる」

エリカは、車の中を覗《のぞ》き込んだ。

田辺光子が、ぐったりして、座席に横たわっている。

「意識を失ってるわ」

「そうか。急いで病院へ運ばんとな」

「見て！」

エリカは、倒れた田辺光子のわき腹に、赤黒く、血が広がっているのを指さした。

「だいぶ出血しているようだな。ますます急がなくては」

「救急車を呼んでる時間はある？」

クロロックは田辺光子のほうへかがみ込んで、様子を見ていたが、やがて首を振りながら、言った。

「とても無理だな」

「じゃ――」

「運ぶしかない。やれやれ、この年齢《とし》になると、重労働だ」

「グチ言わないの。あとでお母さんに詳しく事情を話してあげる」

「そうか？　じゃ、ついでに、こづかいを値上げしろと言ってくれ」

クロロックは、田辺光子の体をかかえ上げると、大きく息を吸い込んで、

「行くぞ！」

と一声、ダーッと駆けだした。

そのままふたりは月の世界に――までは行かなかった。だが、かつぎ込んだ病院の向かい側に、〈月の世界〉というバーがあった……。

「――まだ意識不明のままですって」

エリカは電話を切って、言った。

二十六日の午後。――クロロックもさすがにくたびれたのか、やっとこ起き出してきたものの、欠伸《あくび》ばかりしている。

「ともかく生きている、ということだな」

と、クロロックは言った。

「わからないわ。田辺光子は誰に刺されたの？」

と、涼子《りょうこ》がクロロックにコーヒーを注ぎながら言った。

「サンタクロースよ」

と、エリカが答える。

「でも、川添幸夫《かわぞえゆきお》さんは警察にいるんでしょ？」

「刺されたのは、みどりがあの角でサンタクロースにぶつかったときよ」

「ええ？」

「だからサンタクロースの衣装に血がついていて、それがみどりにもついたのよ。――その次、行ったとき、みどりが出くわしたのは、信田信代の方だったのよ。部屋の中では、田辺光子が刺されてたの」

「でも、刺されたことを黙ってたの？」

「そう。ふたりとも、川添幸夫がやったと思ってたから。幸夫を愛してたから、なんとかかばい通そうとしたのよ」

「なんてことでしょ！」

「初めの佐山由子《さやまゆうこ》殺しは、やはり幸夫がやったのだな」

と、クロロックが肯いた。

「ああいう真面目《まじめ》なタイプは、思い詰めると怖いものだ」

「さっぱりわかんないわ」

と、涼子が不服そうに言った。

「田辺光子が意識を取り戻せば、何もかもはっきりするでしょうね」

と、エリカはフランスパンをかじりながら、

「田辺光子、信田信代――ふたりとも幸夫を愛してたのよ。でも、幸夫が好きなのは、佐山由子だった」

「うまくいかんものだ」

「じゃ、信田信代を殺したのは？」

「サンタクロース。――でも、それは幸夫じゃない、サンタクロースだったのよ」

「じゃ、誰なの？」

「川添千恵《ちえ》だ」

と、クロロックが言うと、涼子は愕然《がくぜん》として、言葉が出てこなかった。

「——あの母親は息子を溺愛《できあい》しとった。息子が人を殺しても、それを必死で隠そうとした」

「同時に、息子のことを愛する女の子を、許せなかった。——悲劇ね」

と、エリカはため息をついた。

「じゃ、田辺光子を刺したサンタクロースは、川添千恵だったの?」

「そう。でも、致命傷《ちめいしょう》にはならなかったのよ。田辺光子が苦しんでいるところへ、信田信代が帰ってきた。びっくり仰天《ぎょうてん》して、廊下《ろうか》へ飛び出したら、みどりに出会ったわけ。——でも、手当てをすると、思いのほか、傷は軽かった。で、田辺光子は、このことを黙っていようと決心したの」

「恋してると、刺されても平気なのかしら」

「きっと、幸夫がどこかおかしい——人殺しでもしかねないことを、彼女、前から承知してたのよ。その覚悟の上で、彼を愛してたんだわ」

「じゃ、あの死体を運んだりしたのは……」

「みどりに見られたわけでしょ? だから、何とかごまかそうとした。私がマンションへ出向いてくるのを見ていて、頭のいい田辺光子がとっさに思いついたのよ。——信田信代を大きな袋に入れて、死体のふりをさせる。死体を運ぶ手伝いを私にさせておいて、深刻な物語を聞かせ、あとでトランクを開けると――パッと元気一杯の信田信代が飛び出す。つまり、クリスマスの余興のお芝居、と思わせるつもりだったと思うわ。みどりも、これなら納得するでしょ」

「でも、トランクは空《から》だった……」

「よく蓋《ふた》が閉まってなかったんだと思う。急ブレーキをかけたとき、落っこちたのよ、きっと。やっとこ袋から出たら、もう車はいない。仕方なしにマンションへ戻ろうとしたところへ……サンタクロースが現れた」

「幸夫だと思って、ついていって、殺されたのね」

「幸夫の部屋に、血のついた衣装を隠して通報したのも、母親だろう。息子をわざと連行させ、その後で殺人を起こせば、疑いが晴れると思ったのだ」

「ところが、雪の中だったので、死亡時刻の推定がむずかしくなり、思惑《おもわく》が外れてしまったんだわ」

「じゃ、河原《かわはら》刑事の娘を狙《ねら》ったのも――」

「サンタのおばさん、か」

クロロックは肯いて、

「あの一言でわかったな」

「河原刑事に対して腹を立てたのね。自分で息子を連行させておきながら、今度は河原が息子をいじめてる、と思い込んだ……。だから、河原刑事の子供を狙ったんだわ」

「そして、田辺光子を……」

「やはり傷からの出血がひどくなって、病院へ行こうとしたところを、あの母親は待ち構えていたのだ……」

「可哀《かわい》そうに」

と、涼子は沈んだ面持《おもも》ちで、

「母親も息子も――まともじゃなかったのね、きっと」

それからハッとして、

「虎ちゃんが何もなくて良かったわ！　虎ちゃん！　私の大事な虎ちゃん！」

と、虎ノ介を抱き上げて頰《ほお》ずりする。

虎ノ介は、ひとり、迷惑そうな顔をしていた……。


「やあ、いろいろどうも」

玄関に立っていたのは、河原刑事だった。

「あら河原さん。事件のほうは？」

と、出てきたエリカが訊く。

「おかげさまでね。川添千恵が自首してきたので、何もかもわかったよ。田辺光子も意識が戻って、事情を聞いた」

「良かったわ」

エリカが微笑《ほほえ》む。

「今日もお仕事？　大晦日《おおみそか》ですよ」

「やっと今日から休めるんだ。いや、あんたたちのおかげで、家族無事に正月を迎えられる」

「そんな大げさな――」

と、エリカが柄《がら》にもなく照れている。

「本当だよ。ああ、そうだ。川添千恵が、君らに、申し訳ないことをしたと詫《わ》びておいてくれ、と言っていたよ」

「そうですか」

エリカは少し明るい気分になった。

「もう済んだことです、と伝えてください。一年の終わり。――赦《ゆる》しの季節ですものね」

「その通りだな」

と、河原は肯いて、

「ああ、これは、つまらんもので――」

　と、大きな紙袋を出して、

「大して旨《うま》いとはいえんが、いろいろお菓子を持ってきた。君や友だちで正月にでも食べてくれ」

　すると、奥から、遊びに来ていたみどりが飛び出してきた。

「わざわざ気をつかっていただいて、どうも！」

と言うなり、紙袋とともに、再び奥に消えてしまう。

　エリカは、つい笑いながら、河原に言った。

「ねえ、刑事さん」

「何だい？」

「今年のことは今年片づける。——あのお菓子も、きっと今年中になくなると思うわ」

吸血鬼と雪男

プロローグ

「ロ、ロ、ロ、ロマンチ、チ、チックだねえ……」

と、その大学生は言った。

「そう?」

と、女の子のほうは冷ややかに答えた。

「でも、私、寒いわ」

「そ、そうだね——ちょ、ちょっと寒いかも——」

今、ふたりは、誰からも見られていない。

大学生のほうは、かなり緊張していた。何しろ、長いこと憧《あこが》れつづけてきた彼女を、やっとここまで引っ張り出すことに成功したのだ。

それまでの苦労をここに書くと、それだけで一冊の本になるだろうが、それはこの文庫向きではないと思うので、書かない(角×書店ででも出してもらおうかなあ)。

ともかく、どこか人目のない所で、ふたりきりになりたいという彼の夢は、やっと実現したのである。

だが、その割には、ふたりとも笑顔にはなっていない。――それも当然で、何しろ雪山の奥深く、周囲はただ白一色の、林の中というのだから――もうこれはロマンチックを通り越して、凍《こご》えそうなほど寒かったのである。

彼の舌がもつれているのも、別にあがっているからではなくて、ただ寒くて顎《あご》ががくがく震《ふる》えているからだった。

「――私、まだ冷凍されたくないわ」

と、女の子が言った。

「そ、そうだよね。電子レンジであっためるなんてのも――ハハハ」

と、引きつったような笑い声をあげても、一向にムードは好転しない。

せっかくふたりになったのに！　どうしてこんなに寒いんだ、畜生《ちくしよう》！

雪山へスキーに来たんだから、暑かったら困るだろうが、差し当たりは、天候のほうに八つ当たりしている。

「もうホテルに戻りましょう」

と、女の子が言った。

「う、うん」

逆らうわけにもいかず、彼のほうも渋々同意した。

まあ、この失敗を、彼ひとりのせいにするのも不公平というもので、ホテルを出たときはよく晴れていて、滑《すべ》っていると汗ばむくらいだったのだし、彼女のほうが、

「もっと人のいない所に行きましょうよ」

と、先に立って滑ってきたのだった。

スキーの腕前も、こづかいの金額に比例して（？）彼女のほうがぐっと上で、彼氏のほうはついてくるのが精一杯だった。

かくて、こんな林のほうまでやってきたのだが——急に日がかげって、気温が下がり、空はどんよりした鉛色《なまりいろ》になって、今にも雪が落ちてきそうだ。

「このへんはまだ全然未開のままなのね」

と、器用にストックを使って滑りながら彼女が言った。

「うん。まだスキー場自体が新しいからね、ここは」

彼のほうは、おっかなびっくりついていく。

——もともとは山林だった所を、木を切り払って、ゲレンデにした。新設ホヤホヤのスキー場だった。近代的な、小ぎれいなホテルが建ち、都会の若者たちでゲレンデは大いににぎわっている。

ふたりが滑ってきたのは、ゲレンデの斜面とは反対側の、まだ林がそのまま残っている一帯だった。

そのうちには、ここもスキー場になるのかもしれない。

しかし、ともかく今はまだ、熊が出たっておかしくないような場所だった。

「あら、降ってきた」

と、女の子が、ちょっと空を見あげて言った。

雪が落ちてくる。——たちまち、白いカーテンでも目の前に引かれたような、凄《すご》い降り方になった。

「いやだ！　全然見えないじゃないの」

と、女の子が声をあげた。

「内田《うちだ》君！　何とかしてよ！　男でしょ！」

申し遅れたが、この大学生は内田という名だった。しかし、いくら男だって、雪を止めるわけにはいかない。

「だ、大丈夫だよ！　吹雪《ふぶき》ってわけじゃないし——」

正直なところ、内田のほうも焦《あせ》っていた。

だいたい、スキーだってそんなに上手《うま》くないのだ。登山の経験もない。どうしていいかわからないのである。

「だって——どっちがホテルなの？　わかんなくなっちゃった！」

「そ、そうだね。でも下へ下りれば——」

「いい加減なこと言わないでよ！」

と、彼女のほうはヒステリックな声をあげる。

「ごめんよ。そんなつもりじゃなかったんだ。僕はただ――」

「だいたい、あなたがこんな所まで私を連れてくるからいけないんじゃないの！」

内田のほうも、それは違うじゃないか、と言いたいところだったが、そこは惚《ほ》れた弱味で、

「ごめんよ。でも――大丈夫だ。僕がついてるよ」

などとご機嫌を取っているのだった。

しかし、ともかく、雪はひどくなるばかりだったから、なんとかしなくてはいけないということは、内田にもわかった。

「ともかく――ほら、林の中へ入ろう。このままじゃ雪ダルマだ」

別にふざけているつもりはないのだ。実際、じっとしていると、雪が頭に降り積もる（はちょっとオーバーだが）感じだったのである。

やっとこ林の中へと逃げ込んで、ふたりは息をついた。もちろん、林の中にいたって雪は落ちてくるが、ずっと少ない。

その代わり、時々ドサッとまとめて落ちてくることがあるので、要注意だった。

「凄い雪になったねえ」

と内田は息をついた。

「雪を払い落としてあげるよ」

内田が、彼女の肩や背中の雪をはたき落としてやると、

「ありがとう」

と、彼女も微笑《ほほえ》んだ。

ヒステリーのほうも大分おさまったようである。

「内田君って優しいのね」

「そ、そうかなあ」

内田はポッと赤くなった。かなり単純なのである。

「ごめんね、さっきは怒鳴《どな》ったりして」

「いやあ、いいんだよ」

「私のほうがあなたを連れてきたのにね。――ごめんなさい」

「そんなこと……」

内田のほうは、さっきとはうって変わって、この雪に大いに感謝したい気分になっていた。

雪のほうが、いい加減にしろ、と文句を言うかもしれない。

「私、雪って好きなの」

「僕もだよ」

「静かで、清潔で——」

「そうだね。可愛《かわい》いし、美人だし」

内田のほうは、あがってしまっている。

彼女はフフ、と笑って、

「内田君って可愛い！」

と言ったから、内田はますます赤くなる。

男も可愛いと言われるのを喜ぶ時代になったのである。まあ、「憎らしい」と言われるよりいいかもしれない。

「ねえ、内田君」

と、彼女が言った。

「な、何だい？」

「私、雪から生まれてきたのよ」

「え？」

内田は戸惑って、

「君——東京《とうきよう》生まれじゃなかった？」

「本当は違うの。私、雪女なんだもの」

「雪女、ね……」

内田はキョトンとして、

「それでスキーが上手なんだね」

「そうかもね」

彼女は、ちょっと顔を伏せていた。

「どうかしたの？」

と、内田が訊《き》く。

「ううん。別に。ただ――」

「ただ？」

「あなたを凍らせて食べたらおいしいだろうと思ってね」

ヒョイ、と顔をあげると――彼女がカッと大きな口を開けた。血のように赤い、そして鋭い、獣《けもの》のような牙《きば》――。

「ギャッ！」

内田がひっくり返った。

「紹介するわ」

牙をむき出してニヤリと笑いながら、彼女が言った。

「私の父よ」

何かが、内田を見下ろしていた。

顔をあげると——白い、とてつもなく大きなものが、内田を見下ろしていた。

それは熊みたいで、人間みたいで——そして絵なんかで見た雪男みたいで——いや、雪男そのものだった！

白い毛におおわれた太い腕が、内田の上に下りてくる。真っ赤な目、そして鋭い牙の覗《のぞ》く口……。

内田は、そこで完全に気を失ってしまった。

悪　夢

「な、何をする！　おまえは私を殺すつもりか！」

と、フォン・クロロックがわめいた。

「よせ！　私には妻も子もある！　命は惜《お》しい！　助けてくれ！　神様！」

「――何やってんだろね」

と、エリカはため息をついた。

「ワーッ！」

フォン・クロロックが、胸に杭《くい》でも打ち込まれたような、断末魔《だんまつま》の叫びをあげた。

「あ、すっ転んだ」

と、エリカは言って、吹き出した。

――ここはスキー場のゲレンデ。といったって、「初心者用」の、斜面とも言えないような斜面である。そこでキャーキャー悲鳴をあげているフォン・クロロック。ご存知、吸血族の、誇り高き末裔《まつえい》である。

もっとも、スキーをはいて、マントをひるがえし、さっそうと二、三メートル滑ってはひっくり返っているさまは、どう見ても、あまり誇り高くはなかった。

「エリカさん」

と、フォン・クロロックの妻、涼子《りょうこ》が言った。

「みっともないから、連れてきて。ここに座ってればいいわ」

「大丈夫。ほら、自分でスキー外してくるわよ」

神代《かみしろ》エリカはそう言って、手を振った。

マントから何から、雪だらけになったクロロックが、スキーとストックをかついでやってくる。

涼子は、椅子《いす》に座って、子供の虎ノ介《とらのすけ》を抱っこしていた。

クロロックの妻といっても、涼子は後妻で娘のエリカよりひとつ年下なのだ。

エリカは、亡くなった日本人の母と、クロロックの間に生まれた美少女（と、自称している）である。現在N大学二年生。

「——ああ、参った！」

クロロックが、スキーとストックをどさっと投げ出した。

「だらしないわねえ」

と、エリカは苦笑いした。

「人間、誰しも不得手《ふえて》なものはある」

と、クロロックは言って、椅子に腰をおろすと、スキー靴を脱いだ。

「吸血鬼とて万能ではない」

「でも、お父さん」

と、エリカは言った。

「トランシルヴァニアのほうって、かなり雪が深かったんじゃないの？」

「もちろんだ」

「じゃ、どうしてスキーがだめなのよ？」

「城主は城から動かんものだ。用があるときは呼びつける」

「よく太り過ぎなかったわね」

と、涼子が冷やかした。

「エリカさん、滑ってらっしゃいよ。私たち、ここにいるから」

「うん。じゃ、行ってくる」

エリカのほうは、色鮮やかなスキーウェアに身を包み、これだけだって充分に上手そうである。実際、エリカはスキーも相当な腕前だった。

「おまえのふたりの友だちはどうした？」

と、クロロックが訊《き》いたのは、M女子高から、仲良くN大へ進んだ、大月千代子《おおつきちよこ》と橋《はし》口《ぐち》みどりのことである。

「もう支度終えて、来ると思うけど」

「あの、みどりって子は、転ばなくても雪ダルマみたいだな」

と、クロロックが言った。

「ひどい！　みどりが聞いたら怒るわよ」

と、エリカが笑いだす。

「あら、噂《うわさ》をすれば、だわ」

ノッポで細くて、どっちが人でどっちがストックか、よくわからない（というのはオーバーだが）、大月千代子。

安定感は抜群の（他にほめようがない）橋口みどり。

ふたりして、他のスキー客の間を縫《ぬ》うように、エリカたちのほうへやってくる。

「お待たせ！」

と、みどりが手をあげる。

「リフトのほうへ行こうよ、エリカ。――おじさんは滑らないんですか？」

と、千代子が訊くと、

「私は今、ひと滑りしてきた。君たち、行ってきたまえ」

クロロックは気取って言った。エリカも涼子も、おかしくて仕方ない。

「いいお天気になったわねえ」

と、千代子が目を細くした。

「ゴーグルしないと、目に悪いよ」

エリカは言った。――やはり、吸血族の血を引いているので、いくらか陽《ひ》に弱い体質でもある。

しかし、クロロックのほうは、まだ幼い息子、虎ノ介のために、それに合わせて生活するようになって、だいぶ、陽の光にも耐えられる体になったらしい。

「さ、行こう、行こう」

と、エリカは他のふたりを促した。

「どのリフト？」

「一番長いのに決まってんじゃないの！」

三人の中で、一番スキーの上手《うま》いのが千代子である。もちろんエリカもそう見劣《みおと》りしない。

みどりは――やや落ちるが、そこは体重からくる加速度の迫力でカバーしていた。

「新しいスキー場っていいな、すいてて」

と、千代子が言った。

「滑っても、人とぶつからずに済むしね」

とエリカが肯《うなず》く。

「すいてても、転ぶときは転ぶわね」

みどりが、当たり前のことを言っている。

「――あの、ごめんなさい」

と、ふたりに声をかけてきた人がいる。

「はい」

と、エリカは振り向いた。

四十代の半ばくらいの女性で、見るからに高そうな毛皮のコートをはおっている。もちろんスキーはつけていなかった。

「あの、あなた方、このホテルに泊まっていらっしゃるの？」

と、その女性が訊く。

「ええ、そうです」

「うちの子、知らないかしら。内田邦也《くにや》というんだけど」

「内田さん――ですか？　いいえ」

「K大学の三年生なの。三日前から、ここに泊まってるはずなんだけど」

「私たち、三人でいつも一緒なんで、他のお客さんとは……」

「そう？　でも、フロントで訊くと、うちの邦也が、夜は女子大生の部屋に行ってたようだって言うのよ」

　三人はカチンときた。

「他にも女子大生はいると思います！」

　千代子がムッとした声を出すと、その女性はあわてた様子で、

「ああ、もちろん、それはそうなの。そんな意味じゃなかったのよ」

　なんだか様子がおかしい、とエリカは思った。この人、取り澄ましてはいるが、かなり不安な——いや、むしろ怯《おび》えていると言っていいくらいだ。

　きっと、大事なひとり息子なんだろう。

「息子さんが、いらっしゃらないんですか」

　と、エリカが訊くと、その女性は、ホッとした様子で、

「ええ、そうなのよ」

　と肯いた。

「息子が先に来て、私、用事で遅れて、今日着いたの。そうしたら部屋に息子がいなくて……」

「スキーしに来たんでしょ」

　と、みどりが、ちょっと小馬鹿にするような調子で、

「だったら、滑ってるんじゃないですか？」

「いいえ、スキーは部屋に置いてあるの」

と、その女性は言った。

「――ごめんなさい。他の人に当たってみるわ。どうも」

と、雪を踏みながら、歩いていってしまった。

「――何よ、あれ」

みどりは面白くなさそうである。

「放っておきなさいよ。大学生にもなった子供のこと、そんなに気にしてるなんて。きっとマザコンなのよ」

千代子は、このところ、かなり手厳しい人生観を身につけているようである。

「それだけじゃないわ」

「エリカ、何か知ってんの?」

「そうじゃないけど……。あの人、凄《すご》く怯えてた。あんなお金持ちにしては珍しいわ」

「いやよ、また変な事件に巻き込まれるのは」

千代子が顔をしかめると、

「さ、早くリフトに乗ろうよ!」

と、先に立って、リフトへ向かう。

それをみどりが追っかけ、エリカも、その後からついていった。――もちろん、何でもないのかもしれない。

今の大学生なんて、結構遊んでるのが多いから。——エリカたちのように、清純な乙《おと》女《め》は珍しいのである（自分が言うのだから、間違いない）。

——リフトも、それほど並んでいない。特にエリカたちが乗る、一番長い、山の頂上まで行くリフトは、さすがに一番すいている。

途中、かなりむずかしいコースを下りてこなければならないからだ。

千代子、みどり、エリカの順で、リフトに乗る。

リフトに乗っている間は、結構風が当たって寒い。

「早く着かないかなあ」

と、千代子がじりじりしている様子。

「特急がなくて残念ね」

と、みどりがからかったが……。

「あれ？　見てよ、ほら！」

と、いきなり声をあげる。

「どうしたの？」

「下りのリフトに乗ってるのがいるわ」

みどりの指さすほうへ目をやると……なるほど、確かに、下りのリフトに人影が見えて、近づいてくる。

「上まで行ったはいいけれど、怖くて、やめたんだわ、きっと」

と、千代子が、後ろのふたりのほうを振り向いて言った。

「そうじゃないわ」

エリカは、じっと、近づいてくるその人間に目をこらしていた。

「え？」

「スキーをはいてないわよ」

「じゃ、折っちゃったのかな。それで諦《あきら》めて——」

「様子が変よ」

と、エリカは言った。

当然、三人と、その誰かとは、すれ違うことになるわけだ。徐々に近づいてくるにつれ、三人とも、言葉が出なくなっていた。

三人の前のほうに座っていた客たちが何か騒いでいる。エリカは、優れた視力で、それが若い男らしい、と察していた。

「——どうしたの、これ！」

と、千代子が声をあげる。

エリカも目を見張った。——それは若い男で、そして真っ白だった。スキーウェアが白なのでなく、まるで凍りついたように、白く、粉をかぶったようになっていて、しかも、ガックリと頭《こうべ》を垂《た》れて動かないのだ。

「――エリカ」

千代子が振り向く。

エリカはすれ違う瞬間、ストックの先で、ちょっとその男の足をつついてみた。

「あれ、死んでるわよ」

と、エリカは言った。

「死んでる?」

みどりが唖然《あぜん》として、

「でも――」

「本当よ」

「じゃ、どうやってリフトに乗ったの?」

そうだ。そうなのだ。

――これはどうも、また妙な事件と係《かか》わり合うことになりそうだわ。

エリカはそんな予感がして、歓びの（?）ため息をついていた。

「スキーのリフトって不便だわ!」

エリカは、頂上から急斜面を滑り下りながら、ブツブツ文句を言っていた。

どうして文句を言っているかというと、リフトは途中で、

「あ、ちょっと降ります」

というわけにいかないからである。

しかし、これで文句を言われても、リフトのほうとしては心外であろう。タクシーじゃないのだから。

あの死体が下へ着いてどうなったのか。エリカは、それが気にかかっていたのである。

「私、ゆっくり滑ってくわ。スキー場まで来て、いやよ、変なことに首つっこむの」

と、千代子は言っていたし、みどりのほうは、

「私も同感!」

と肯いて見せたが、なに、みどりのほうは、早く下りたくても、怖くてだめなのだ。

従って、エリカひとりが先に滑り下りていくことになったのだが……。

「キャーッ!」

ドテン。——みどりがみごとにひっくり返って、派手に雪をはねあげた。

千代子がため息をついて、みどりのほうへやってくる。

「——大丈夫?」

「うん……。何とかね」

クロロックの予言した通り、やっとこ起きあがったみどりは、雪ダルマに近い感じであった。

「ほら、この下の平らなとこまで、左へ回っていくのよ」

と、千代子がストックで指してみせて、

「まっすぐ行くと、林の中へ突っ込んじゃうからね。気をつけて」

「わかってるわよ」

みどりは雪をはらって、息をついた。

「じゃ、行くわよ！」

「千代子！　待ってよ！　ちょっと――」

みどりが呼ぶ声が追いつかないくらいのスピードで（そんなわけはないが）、千代子は、さっそうと滑っていってしまう。

「もう！　冷たいんだから、みんな！」

みどりはプーッとふくれて、ま、いいや、女の魅力はスキーの腕とは関係ない、などと勝手に己《おのれ》を慰《なぐさ》めつつ、ストックでぐい、と……。

「しまった！」

余計なことを考えていたせいで、千代子が注意した「まっすぐ」の方向へと滑りだしていたのである。

そこは林で、ということは当然木があるわけで、木は根が張っているから、みどりが突っ込んでいって、

「すみません！　どいてください！　危ないですよ！」

と叫んだところで、

「はいはい」

と、どいちゃくれないのである。

「あ……あ……あ……」

みどりは、口を開けたまま、林へ向かって直進していった。――悲劇的な結果が頭に浮かんだ。

立木《たちき》に激突して、死にゃしないまでも、足の骨の一本ぐらいは折るかもしれない。おでこをぶつけて失神――ぐらいで済みゃいいのだが、頭のネジが少しゆるんじゃったりしたらどうしよう？

今でさえ「ゆるんでる」と評価されているのだ。今度は完全に外れちまうかもしれない。

でも――それより何より、その美貌に傷がついたらどうしよう！

ああ神様！

ほんの何秒かの間に、これだけのことを考えていたのだから、みどりの頭もそう捨て

たものじゃない。

いや、そんな呑気《のんき》なことを言っているときではない。

「ワーッ！」

ライオンが虫歯を引っこ抜かれたらこんな声を出すかもしれないというような、悲鳴とも唸《うな》り声ともつかぬ音を発しながら、みどりは林の中へと突っ込んでいった。

が——奇跡！　みどりは立木の間をみごとにすり抜けていったのである。

もちろん意図《いと》的《てき》にではないが、たまたまそういうコースを辿《たど》ったのだろう。

「ワワワ……お母ちゃん！」

と叫んだとたん、前のめりに転倒。

スキーが外れて宙に舞い、ストックが五、六メートルも先まで飛んでいったが、みどり本体は、頭から雪の中へ突っ込んで、一瞬息がつまっただけで、なんとか助かったのだった。

スキー場で溺死《できし》（！）というみっともないことはなんとか避けられて、その場にへたり込んでいると、声を聞きつけた千代子が飛んできた。

「みどり！　大丈夫なの？」

「千代子！　——私の顔、何ともない？」

と訊いたのはさすがに女心であろう。

「いつもと同じよ。ちょっとふくれているけど、同じでしょ」

千代子も、ややデリカシーに欠けるところがある。

「気をつけろって言ったじゃないの。骨折しなかった？」

「してたら、こんなにしてられないよ」

「それもそうね。スキーかついで林を出なさいよ、ともかく」

「わかったわよ」

みどりはやっとこ立ちあがったが……。

「千代子……」

「ん？」

「あれ、何かしら？」

と、みどりが指さしたのは——木立《こだち》の間に見える大きな穴で……。いや、足跡だ。それも、とてつもなく大きい。

「足跡みたい」

「まさか！　私たちの三倍以上あるよ」

「そうね。……みどり、あそこで尻《しり》もちつかなかった？」

「いくらなんでも！」

とみどりは憤然《ふんぜん》として言った。

みどりのお尻のあとにしては、それは、木々の間を、ずっと続いていた。

「——何かしら？」

千代子は、青ざめていた。

「みどり、急いで下りようよ」

「うん……。でも——」

「もしかしたら、熊か何かかもしれないわ」

「く、熊？」

みどりは飛びあがった。スキーなんか知るもんかというわけで、アッという間に駆けだすと、ゲレンデの長い斜面を、半分転びつつ、駆け下りていく。

下へ着いたときは、まさに「雪ダルマ」になっていたのである……。

そして下は下で、大騒ぎになっていた。

雪男の足跡

「やっと生き返った！」

みどりが息をついた。

みどりが生き返るのは、たいてい食事の後で、この場合も例外ではなかったのである。

「大騒ぎね」

エリカは、窓から、白一色のゲレンデを眺めながら首を振って言った。

「……じゃ、あの死体は、例の、捜し回ってた『息子』だったわけ？」

と、千代子《ちよこ》が言った。

ホテルのレストランである。——昼食時から少し遅れていたので、そう混雑してはいなかった。

エリカやクロロック親子、それに千代子とみどりは、広い窓に面した、ゲレンデを眺め渡せる席について、食事をとっていたのである。

「そうだったのよ」

と、エリカは肯《うなず》いて、

「私が下に着いたときは、あの母親が泣き叫んでて、大変だった」

「気の毒にねえ」

と、涼子《りょうこ》が虎《とら》ノ介《すけ》にパンを食べさせてやりながら、

「私だって、もしこの子に万一のことでもあったら、きっとどうかなっちゃう」

「はあ……」

エリカたち三人組のほうは、年齢だけはいっていても、そういう「母性愛」にはまだ目覚めていない。そんなもんかしら、などと感じ入っている。

「――しかし、妙な話だ」

と、クロロックが言った。

「スキー場へ来て、スキーもなしで頂上へ行って凍死して帰ってくるとはな」

「私も、それが気になったの」

エリカはコーヒーを飲みながら言った。

「だいたい、あの死体、どうやってリフトに乗ったの？」

と、千代子が言いだした。

「そこなのよ。頂上の降り口の所は、結構スキーヤーがたくさんいたでしょう？　そこで誰かが死体をリフトに乗せるなんて不可能だと思うのよね」

「自分で乗って、降りてくる間に凍死したんじゃないの？」

と、みどりが珍しく意見を述べたが、無視されてしまった。

「結論はひとつだ」

と、クロロックが言った。

「途中で、リフトに死体を乗せた、ということだな」

「そんなこと、できる？」

「リフトは林のそばを通っとるだろう。下のほうから見ると、大分遠いし、木と重なり合って、よく見えんところがある」

「それにしても、リフトであがってくる人がいるのよ。簡単にはできないわ」

「それはそうだが、死体が天から降ってくるわけもなかろう」

クロロックが、至極《しごく》もっともなことを言った。

「それに理由よ。どうしてあんなふうに、死体をリフトに乗せなくちゃならなかったのか……」

エリカは首をかしげた。

「——よしましょうよ」

と、千代子が顔をしかめて、

「スキーに来たのに、また事件に首を突っ込むなんて……」

「千代子さんの言う通りだわ」

と、涼子も同調する。

「だいたい、凍死っていうだけで、殺人でも何でもないんだから」

「それはわからんぞ」

「あなた、それ、どういう意味？」

「殺人でなければ、刑事がウエイターに変装して、客の間をウロチョロしたりせん」

「刑事？」

エリカが思わず声をあげて、周囲を見回す。そのとき、ガチャン、と派手な音がして、

「も、申し訳ありません！」

と、若いウエイターが、顔を真っ赤にしながら、床に転がったコップを拾い集め始めた。

「あのウエイターだ。さっきからもう四回もコップや皿を落っことしとる」

「ただの見習いじゃないの？」

「それにしては、ここの支配人が文句ひとつ言わん。あれは刑事に違いない」

「へえ……」

エリカも、父の鋭い観察眼に、感心したのだった。

——みんなが食事を終えて、席を立つと、支払いは差し当たりクロロックが部屋につ

けることになった。

「ここは私に任《まか》せておきなさい」

と、胸を張る。

「おじさん、すみません」

と、みどりが嬉《うれ》しそうに、かつ、それならもっと何か食べるんだった、という気持ちをはっきり顔に出しながら言った。

「なあに。どうせ社の交際費にする」

「インチキね、それじゃ」

「インチキではないぞ。これはあくまで合法的な――」

「ほら、あなた、早く伝票にサインを」

涼子にせっつかれて、クロロック、レジの所で、伝票にルームナンバーとサインを記入しようとしたが、

「お代は結構でございます」

と言ったのは、横にいたマネージャーだった。

「はあ?」

エリカがびっくりして訊《き》き返すと、

「お食事はサービスさせていただきます」

とマネージャーが言って、

「当ホテルの支配人が、お目にかかりたいと申しておりますので。こちらへどうぞ」

と、レストランを出て歩きだす。

エリカたちは、なんだかわけのわからないままについていった。

〈支配人室〉というドアが開くと、

「お入りください」

奥の机の向こうで立ちあがったのは、頭がきれいに禿《は》げあがった、しかしそのわりには若々しくて血色のいい男だった。

「お呼び立てして申し訳ありませんな。支配人の竹井《たけい》と申します。まあ、どうぞおかけください」

――エリカは、ただの客にすぎない自分たちが、なぜこんな所に呼ばれたのか、さっぱりわからなかった。

まさか――金がなさそうに見えて、怪《あや》しまれたんじゃないでしょうね！

「熊じゃないぜ」

と、息を弾《はず》ませながら、その男は言った。

「確かに？」

と訊き返した若者は、あのレストランで、やたらコップや皿をひっくり返していたウエイターである。

「ああ、間違いない。あんなもん誰が見たってわかりそうなもんだ」

——ゲレンデの片隅。

スキー客たちとは少し離れた場所だった。

林の中の足跡を調べに行った男は、額《ひたい》の汗をぬぐった。

「しかしね、熊じゃないから、かえって厄介《やっかい》かもしれないよ」

「どういう意味？」

と、若者が訊いた。

「あれは四本足の跡じゃない。二本足の跡なんだ」

「へえ。——じゃ、何だろう？」

「わからんね。考えたくもない」

と、男は肩をすくめた。

「どうして？」

男は、奇妙な目つきで若者を見ながら言った。

「あれはね、雪男の足跡かもしれんよ」

若者は、ちょっとポカンとしていたが——、

「冗談じゃないよ」

と笑いだした。

しかし、相手は笑わなかった。

「俺は本気だよ」

「まさか！」

「このへんはね、だいたい、雪男の伝説が残っていた所なんだ。明治《めいじ》のころでも、そいつを見たって話がある。その後は、人が少なくなったせいもあって、噂に出なくなったがね」

男は、よく陽焼けした顔に、深いしわを刻んで、年齢の判然としない顔立ちだった。

「良次《りょうじ》さん……」

と、若者は真顔になって、

「じゃ、本当にそいつが出てきたと思ってるの？」

と訊いた。

「さあね。俺にゃわからんよ」

と、良次と呼ばれた男は首を振った。

「ただ……あんたにこんなことを言っても始まらんが、ここを切り拓《ひら》くべきじゃなかったね」

若者は、黙って目をそらす。良次は続けて、

「もしそいつが、森の中でひっそり暮らしていたとしたら――このホテルとスキー場ができたことで、静かな暮らしを、邪魔《じやま》されたことになる」

「しかし――」

「アメリカの先住民たちと同じさ。もともと住んでいた所へ、他人が入りこんできて、危険だからと射殺される……。そいつには何の罪もないのにね」

「そりゃわかるよ。僕にはね。――でも、こうして、できちまったもの、今さら仕方ないじゃないか」

「だが、雪男が出るなんてことになったら、スキー客が集まるかね？」

若者は、ちょっと顔をこわばらせ、

「しゃべるつもり？」

と言った。

良次は、かすかな笑《え》みを浮かべて、

「俺は、あんたの親父《おやじ》さんの恩は忘れんよ。だから、このことは誰にもしゃべらない。しかし、放っておくわけにはいかない」

「うん。わかってるよ。親父に話してみれば――」

「即座に射殺しろ、と言うだろうね」

若者は、口をつぐんだ。——良次は、ちょっと息をついて、林のほうへ目をやった。

「人がひとり死んだんだ。その事実は消えないよ」

「うん、わかってる」

と、若者はもう一度言った。

「スキー客たちは、何も知らない。放っておいても、もしまた犠牲者《ぎせいしゃ》が出たら、それこそ、あんたの親父さんの責任ってことになるよ」

「必ず手を打たせるよ」

「そうしてくれ」

良次は、拳《こぶし》で軽く腰を叩《たた》いた。

「やれやれ。俺ももう年齢《とし》だな。——じゃ、親父さんによろしく」

「うん。ご苦労さん」

と、若者は言って、良次の後ろ姿を見送った。

若者は、深々とため息をついた。

「参ったな……」

「何が？」

と、いきなり声がしたので、若者はびっくりした。

「誰だ！　——どこにいるんだ？」

「上のほう」

と、その女の子の声は、頭の上から降ってきた。

見あげた若者は仰天《ぎょうてん》した。

そばの高い木の枝に、ちょこんとスキーウェアの女の子が腰かけている。

「そんな所で、何してるんだ?」

と若者は怒鳴った。

「見はらしがいいから、ちょっと休んでたのよ」

と、その女の子は言って、

「今、下りるからね」

と言うなり、ヒラリと飛び下りてきた。

「危ない!」

若者は目を丸くした。

「足の骨を折るよ、そんな無茶すると!」

「私、骨は丈夫なの」

と、その女の子は平然としている。

もちろん、この女の子——、

「私、神代《かみしろ》エリカよ」

「ホテルのお客?」

「そう。あなた、支配人の息子さんですって?　ホテルの人に聞いたわ」

「うん。竹井《たけい》正浩《まさひろ》っていうんだ」

と、エリカを興味津々《しんしん》って目で眺め、

「君、変わってるねえ」

「それ、ほめてるつもり?」

「もちろんだよ」

「ありがとう」

エリカは、ニッコリ微笑《ほほえ》んだ。

「昨日、あなたのお父さんにもお会いしたわ」

「親父に?」

「例の足跡、見つけたのは、私の友だちなのよ」

「そうか。じゃ、親父が言ってた、『変わった連中』って君らのことか」

エリカはフフ、と笑って、

「父が怒るわ。てっきりVIP《ヴィアイピー》扱いされたつもりでいるのよ」

「親父、何の話をしたの?」

「あの足跡のことは黙っていてくれ、って」

「そんなことだろうね」

竹井正浩は、投げやりな調子で言った。

「ねえ、あなた、どうしてレストランで働いてるの？」

「僕にあとを継《つ》がせるための訓練さ。でも、だめなんだ。無器用でね」

「そうらしいわね」

正浩は、ちょっと顔を赤らめた。

なかなか可愛《かわい》いわ、この人、なんてエリカは考えていた。

「君、今の話を聞いてたのかい？」

「ええ。悪かったけど、私、耳がいいもんだから」

「信じる？」

「雪男の話？　——さあ、どうかしら。でも、今の人は信じてるようね」

「そうなんだ。良次さんはこの地方で生まれて育った人だからね」

「でも、足跡は、事実あったわけでしょ」

「そうなんだ。ただ……」

と、正浩は言い渋った。

「何なの？」

エリカは、正浩のほうへ歩み寄ると、肩を軽く叩いた。

「できることがあったら力になるわよ」

「ありがとう」

と、正浩は言った。

「あなた、お父さんに話をするんでしょ？」

「うん……。良次さんの気持ちはわかるんだけど、でも、人が死んだ以上、放っておけないものな」

「でも、変じゃない」

「何が？」

「その雪男が、もし本当にいたとして、どうしてあの人を殺した、とわかるの？」

「それは――」

正浩は、面食らった様子で、

「じゃ、君は、他に誰かやった奴《やつ》がいると思うの？」

「雪男が、わざわざ死体をリフトに乗せておくとは思えないわね。あの内田っていう、死んだ学生、どこかの部屋の女の子と親しくしてたらしいじゃない？　まずその女の子の話を聞いてみたら？」

「なるほど」

「それに、あの学生は凍死でしょ？　殺人じゃないかもしれないわ。頭から殺されたと決めてかかる理由も、よくわからないの」

「うん……。僕もそんなこと考えなかったなあ。警察じゃ、そのへん、捜査中で結論は出てないみたいだけどね」

「殺人だとしても、ちゃんと人間の犯人がいるのかもしれないわ。それに、スキーが部屋に置いてあった、ってことも気になってるのよね」

正浩はちょっと笑って、

「君、まるでシャーロック・ホームズだね」

と言った。

「失礼ね。私、これでも女よ」

エリカは正浩をにらんで、それから笑いだした。


エリカと正浩が、ホテルのロビーへ入っていくと、そこのティーサロンで、みどりと千代子がケーキを食べていた。

「エリカ！　一緒に食べない？」

と、みどりが手を振る。

「飲むだけにしとくわ」

エリカが正浩と一緒にソファに腰をおろす。

　エリカは、正浩をふたりに紹介して、それから、内田の恋人だった女の子を捜すのを手伝ってくれと話してみた。

　案《あん》の定《じょう》、千代子はいやな顔をしたが、

「どうせ巻き込まれるに決まってるもん。仕方ないわ」

と悟《さと》り切っている様子。

「私は、食事さえ出るなら」

　みどりは、およそワンパターンの発想である。

「じゃ、手分けして、できるだけそれらしい女の子と話をするようにしてちょうだい」

と、エリカは説明した。

「もちろん必要なら、パーティーとか開いてもいいよ」

と、正浩が口を出す。

「それ、いいアイデアかもしれないわ」

と、エリカが指を鳴らす。

「賛成！　食事つきね」

「みどりったら。——パーティーがあれば、まず、そういう子は顔を出すでしょうからね」

「もうホテルを引き払ってるんじゃないの？」

と、千代子が意見を述べた。

「いや、そのへんは今、チェックした。それらしい年齢の子は、ホテルから出ていない」

「じゃ、今夜あたりパーティーでも開きましょう」

エリカが力強く肯いた。

そのとき、正浩がハッとするのがわかった。

「――どうしたの？」

エリカが、正浩の視線を辿《たど》ると、誰やら、いやに取り澄ました中年男が、きちんとした三つ揃《ぞろ》いのスタイルでロビーへ入ってきたところだった。

「あいつ、百瀬《ももせ》だ」

「百瀬？　誰なの？　偉そうね」

「うちのライバルなんだ。やっぱりこの土地を狙《ねら》ってて、父の会社と争った、って聞いたよ」

「へえ」

いかにも、見るからに「やり手」の男である。

年齢はそう竹井と変わるまい。それに、もちろん顔や体つきはまるで似ていないのだが、持っている雰囲気《ふんいき》が、竹井とどこか共通しているのである。

人間、人の上に立つようになると、だんだん似てくるのかもしれない。——それにしちゃ、うちのお父さんは変わらないわ、とエリカは思った。

その百瀬という男、ロビーを横切ろうとして、正浩に気づいた。

「やあ、久しぶりだね」

と、かなり馴れ馴れしい感じで声をかけてくる。

「どうも」

正浩は、ちょっと頭を下げた。

「大変だね、オープン早々だってのに」

「はあ」

「人が死んだというじゃないか」

百瀬はニヤニヤ笑っている。およそ同情しているという顔ではなかった。

「でも、事故ですから」

「そうかな？　それに、マスコミがだいぶこっちへ向かってるらしいよ」

「え？」

「いや、スキー場に雪男が出たなんて、まさにビッグニュースだからね」

百瀬は、声をあげて笑うと、歩いていってしまった。正浩は青ざめて、

「——どこで聞いたんだろう！」

と言った。

「どうやら、大変な騒ぎになりそうね」

エリカは、同情して言った。

パーティー

「もう、いい加減にしなさいよ！」

と、涼子《りょうこ》が、少々かんしゃくを起こして言った。

ちょうどエリカが、クロロックの部屋のドアをノックした。涼子はドアを開けて、

「入って、エリカさん。——あの人に、いい加減にしろって言ってやってよ」

と、うんざりしている様子。

「どうしたの？」

「パーティーだからって、さっきから鏡の前を動かないんですもの」

エリカは笑って、

「お父さん、どう工夫したって、マントをつけていくんだから、大して違わないじゃないの」

「そんなことがあるものか」

クロロックは、蝶《ちょう》ネクタイの曲がりを気にして直しながら、

「なんといっても、クロロック商会社長の名に恥じないスタイルでないとな」

「とか言って、若い女の子が大勢来ると思って、うきうきしてるんだから！」

涼子はプーッとふくれ顔で、

「私にプロポーズするときには、『他の女なんか見る気にもなれん』とか言っといて」

「夫婦ゲンカは後でごゆっくり」

と、エリカは言った。

「ともかく時間になるわ。お母さんは行かないの？」

「虎《とら》ちゃんを連れて？　パーティーどころじゃなくなっちゃうわ」

「あら、いいじゃないの。虎ちゃんはお父さんに任《まか》せれば」

「あ、そうねえ。こういう時ぐらいは、妻を喜ばせるべきだわね」

「おい――」

クロロックが青くなった。


〈お客様を大切にしよう！　従業員一同決意表明記念感謝パーティー〉という、何だかわけのわからない名前のパーティーは、しかし、大いに盛況《せいきょう》であった。

それはそうだろう。飲み物も食べ物も全部タダで（もっとも、本当に高いもの、ローストビーフとかは出ていなかったが）、踊れて遊べて、となれば、よほどの変わり者でなければ出席しないわけがない。

「それにしてもひどい名前つけたわねえ」

と、エリカがグラスを手に言った。

グラスといっても、中味はジンジャーエール、吸血族とはいえ、血ではない。

「どうせ名目だから何でもいいっていうんで、親父に言ったら、こんな長ったらしいのになっちゃったんだ」

正浩《まさひろ》が苦笑しながら言った。――こちらはさすがに支配人の息子らしく、タキシードでピシッと決めていて、それがまた、よく似合うのである。

「でも大勢集まってるわね」

と、エリカは、会場に当てられた、ホールの中を見回した。

「うん。百人はいるだろうね。若い人はほとんど出ているはずだよ」

「エリカ！　何よ、そんなもん、飲んでるの？」

と、やってきたのは千代子《ちよこ》で、意外にアルコール好きだから、すでに少しろれつが回らなくなっている。

「だらしないぞ！　もう大学二年生なら――」

「千代子！　いい加減にしてよ」

と、エリカは渋い顔で、

「肝心《かんじん》の私たちが酔っぱらっちゃったら、どうするのよ！」

「ん？　肝心の、って、どういうこと？」

と、千代子は目をパチクリさせている。

「千代子ったら……。例の内田《うちだ》って男の子と親しかった女の子を捜すんでしょ」

「ああ！　あれね。——うん、そうか。思い出した」

「思い出した、じゃないでしょ。しっかりしてよ！」

「わかってるって。大丈夫。心配しないで。私はね、これでも記憶力抜群なのよ。エリカだって憶《おぼ》えてるでしょ？　高校時代、私がいかに一夜漬けに強かったか！」

「そんなこと、今は関係ないでしょ」

「うん、わかってるわよ！　そう心配するなって。ハゲるぞ！　ハハハ」

千代子は真っ赤な顔で笑うと、エリカの肩をポンと叩《たた》いて、

「じゃ、外田君と親しかった女の子を捜しあてたら、教えたげるからね！」

と手を振りながら、人の間に紛《まぎ》れていってしまう。

「ありゃだめだわ」

と、エリカは首を振った。

「エリカ！」

と、そこへ凄《すご》い勢いで駆けつけてきたのはみどりである。

「みどり、どうしたの？　見つけたの？」

「見つけたわよ。こっち、こっち」

と、みどりはエリカの手を引いて、人の間をかき分けていった。

本当に、目指す内田邦也《くにや》の彼女を見つけたのかしら？　エリカはやや疑い深くなっていた。

連れてった先が、おいしいデザートのある所だったりしたら……。その可能性もないではない。

「――ほら、あそこ」

と、みどりは壁際に集まって立っている若い男女の一団を指さした。

「あの中の――？」

「だから二番目の、赤いセーターの女の子、いるでしょ」

「うん」

「その後ろに立ってる背の高い男の子、カッコいいと思わない？　ハンサムでしょう？　私、一目でビビッと電気が走っちゃった！」

「電気はいいけど、内田邦也の彼女を見つけたんじゃなかったの？」

「え？」

みどりはキョトンとして、

「——あ！　そうだったわね。悪い！　忘れてたわ。ともかく食べるのに夢中で、人の顔に目が行ったのは、つい二、三分前のことなのよ」

エリカは怒る気もなくなっていた。

ふたりに頼んだのが間違いだった。ここは私が頑張《がんば》らなくちゃ。これだけのパーティーとなると、かなりのお金がかかっている。

これだけやらせといて、

「見つかりませんでしたよ、ハハハ」

では済まないのである。

仕方ない。エリカとて、みどりほどではないにしても、食欲も、男の子への関心も持ち合わせているのだが、ここはじっとこらえて、内田邦也と親しかった女の子を捜すことにした。

——にぎやかに、ディスコ風の音楽が、ホールの空気を揺さぶり始めると、若者たちは一斉《いっせい》に踊り始めた。

一方、虎《とら》ノ介《すけ》を任されてしまったクロロックのほうは、というと、背中に我が子をくくりつけ、ディスコで踊り狂う——というわけにもいかず、ひとり寂《さび》しく、ロビーのソファに座っていた。

「——まったく、世の女たちは、男に対する感謝の気持ちが足らん」

などとブツクサ言いながら、

「おまえも、これから苦労することになるんだな。しかし、負けるなよ。我が名誉あるクロロック家の当主として、女房の尻に敷かれぬ男になれ」

と、なんだかみみっちい説教を虎ノ介に向かってしている。

小さい虎ノ介にそんなこと言ったって、わかるわけがないのだが、それでも大真面目《おおまじめ》な顔で、

「しかし、これは涼子が悪い女房だという意味ではないぞ。誤解するなよ」

などと弁解している。

「涼子はいい女房だ。可愛《かわい》いし、誠実で、優しくて、それに夫想い、子供想いだ。おまえもああいう女を見つけるんだぞ。まあ、おまえが大きくなるころには、我が一族から花嫁を見つけるのはむずかしかろう。人間の娘で仕方ないが、せめて美人で気が優しくて、それにおまえの両親に思いやりのある娘にしてくれよ。間違っても、私たちを邪魔者扱いするような女はよしてくれ。いや、もちろん、おまえの自主性は尊重するが、しかし……」

クロロックは、言葉を切った。

どこかから、クックック、と変な声が聞こえてきたからである。

キョロキョロと周囲を見回していると、虎ノ介のほうが、深々としたカーペットを踏

んで、ヨチヨチと歩いていき、クロロックの背後のソファの所まで行くと、そこに座っていた女の子の顔を覗《のぞ》き込んだ。

「あ――坊や。今話してたの、坊やのパパなの？」

と、声がしたと思うと、こらえ切れなくなったのか、その女の子は、大声をあげて笑いだした。

クロロックは憮然《ぶぜん》たる面持《おもも》ちで立っていくと、

「何がおかしいのかな？」

と、その娘の前に立って、言った。

「ごめんなさい――だって――凄い真面目くさって――あんなことしゃべってるんだもん！　――ああ、苦しい！」

なおも娘は一時間近く――は、オーバーだが、二、三分も笑い転げていた。

「す、すみません……」

やっと笑いがおさまると、笑い過ぎて出てきた涙をぬぐいながら、

「ああ、面白かった！　こらえ切れなかったんだもの！」

クロロックは、なんとも言えない表情で、その娘を見おろすと、

「よほど辛《つら》い思いをしたとみえるな」

と言った。

「え？」

娘の顔から、笑いが消える。

「ただおかしいという笑いではなかった。沈み込んだ気持ちの反動だな。それに、その涙は笑い過ぎる前から、目を充血させていただろう。笑い過ぎたぐらいでは、そんなふうに、泣きはらした目にはならん」

娘は、ふと目を伏せた。――そして、低い声で、

「すみませんでした」

と、言った。

「あんなに笑ったりして。でも――本当におかしかったんですもの。いやな、というか、馬鹿にしたくなるおかしさじゃなくて、心から、すばらしい、羨《うらや》ましい、っていう気持ちになるおかしさだったんです。でも、気を悪くされたら、許してください」

「いやいや」

と、クロロックは首を振った。

「誤解されては困る。私はあんたの辛い気分が少しでも晴れたとすれば、いくら笑われても満足だ。特に私は、笑わせるつもりであぁ言ったのではない。心から思っていることを言ったのだから、少しも恥ずかしくない。それが人に笑われようとどうしようと、いっこうに構わん」

娘は、クロロックを、少し潤《うる》んだ目で見あげた。なかなか整った顔立ちの美人だが、どこか哀《かな》しげなものが漂っている。

虎ノ介が、その娘のスカートにじゃれついている。

娘は、それを見て微笑んだ。

「可愛い。——お子さんなんですか？」

「孫か、と訊《き》かれたら、あんたにかみつかせるところだったぞ」

と、クロロックは言って笑った。

「私、梅川安美《うめかわやすみ》といいます」

「フォン・クロロックだ。これは虎ノ介」

「まあ、男らしい名前！」

「座っていいかな？」

「ええどうぞ」

クロロックは、梅川安美の隣には座らず、斜め前のソファに腰をおろした。

「カミさんがやきもちをやくと困るからな」

「奥様、どちらに？」

「今、あのガンガン音楽の鳴っとるパーティーに出てるよ」

「まあ。ご一緒に行かれないんですの？」

「あんたはどうして出ないんだ？」

クロロックに訊かれて、梅川安美は、ちょっと目を伏せた。

「――あんたはいくつだね」

「十九歳です」

「死ぬには若過ぎるな」

クロロックの言葉に、梅川安美はハッと息を呑《の》んだ。

「どうしてそんなことを……」

「いや、なに」

クロロックは首を振って、

「多少長生きしとると、人の気持ちが少しはわかるようになるのさ」

と言った。

「でも、私――」

「おお、うちの娘が来た。かなりのドラ娘だが、話は合うかもしれんな」

エリカが、くたびれ切った様子でやってくる。

「ああ、参った！」

「どうした？」

「どうもこうも……。人が多過ぎて、どこに目指す子がいるのやら、見当もつかないの」

と、空《あ》いたソファにぐったりと座り込み、

「それに、みんなタダだっていうんで、飲むだけ飲んで、すっかり出来あがっちゃって。話を聞くどころじゃないのよ」

「当て外れだな」

「まるっきりね。――こちらは？」

エリカは、梅川安美に気づいて、言った。

「私――もう失礼しますわ」

梅川安美は立ちあがると、クロロックのほうへ、

「お会いできて、本当に良かったですわ」

と、頭を下げてから、立ち去った。

「――あの人、何なの？」

と、エリカは訊いた。

「ここで沈み込んでおったのだ」

「お父さんが慰《なぐさ》めてあげたわけ？」

「命を救った、というかな」

「オーバーね」

と、エリカは笑ったが、ふと真顔になる。

「待ってよ。――もしかすると――」

「うむ。内田邦也の彼女というのが、もし本気で彼のことを好きだったとしたら、その恋人が死んでしまったというのに、パーティーなど出る気にもなれまい」

「そうかあ！　どうして早く言ってくれないのよ！　追いかけるわ」

と、エリカが腰を浮かす。

「心配するな。ルームキーのナンバーは見ておいた」

クロロック、なかなかやるのである。

「じゃ、行ってみましょ」

クロロックと、それにもちろん、虎ノ介もだっこされて、梅川安美の部屋へと向かった。

「何か、深いわけがありそうだったぞ」

と、歩きながら、クロロックが言った。

「というと？」

「恋人が死ねば、悲しみにくれるのは当然だ。しかし、あんな若い娘は、それだけで死のうとはせん」

「人によるでしょ」

「この目は確かだ」

クロロックがギョロッと目をむいてみせたので、エリカは吹き出してしまった。

「――ともかく、あの娘は、何か罪の意識にさいなまれておる」

「どんな罪の?」

「ほれ、TVでよくやる、人妻の浮気とか、ああいう類《たぐい》だ」

「最近はもっとドライよ」

「うむ。慎《つつし》み深さがなくなってつまらん。以前のメロドラマのほうが――」

話がまるでそれてしまっている。

「あ、ここだわ」

と、エリカは言って、ふと眉《まゆ》を寄せた。

「冷たい風が出てくるわ、ドアの下から」

「窓が開いとるな」

とクロロックは言って、ドアを強く叩いた。

返事はない。

「ただごとではないぞ!」

クロロックは虎ノ介をエリカに手渡すと、力をこめて、ドアをぐいと引いた。本気になりゃ強いのである。

バン、と凄《すご》い音がして、ドアがもぎ取られてくる。

「——見て！」

エリカは、棒立ちになっていた。

正面の、バルコニーへ出る窓が大きく開け放たれていた。そして、そこにつっ立っているのは——身の丈《たけ》二メートル半はあろうという、長めな毛に覆《おお》われた怪物——二本足で立ち、その腕には、気を失っているらしい梅川安美を抱きかかえていた。

「あれは……」

さすがにクロロックのほうも目を丸くしている。

と——いきなり怪物の姿が消えた。

「飛び下りたわ！」

エリカは部屋を横切って、バルコニーへ出た。ここは二階である。

「あそこに……」

エリカは指さしかけたが、外は、いつの間にか激しい雪になっており、その怪物の姿は、たちまち雪のカーテンの向こうに消えてしまった。

「お父さん……」

エリカは、息をついた。

「今のは——何だと思う？」

「雪男だろう」

「だけど——」

「吸血鬼がおるのだ。雪男がいて、不思議はない」

と、クロロックは言った。

「そりゃそうだけどね」

「歴史的瞬間だな。吸血鬼と雪男の対面だ。TVのワイドショーのご対面より、よっぽど面白い」

クロロックはひとりで感激している。

エリカは、降りしきる雪をしばらく見ていたが、虎ノ介が、クシャン、とくしゃみをしたので、あわてて、バルコニーから戻って、戸を閉めた。

「——どうしたらいいと思う?」

と、エリカは言った。

「なに、クシャミだけだ。大したことはあるまい」

「虎ちゃんのことじゃなくて、今の梅川安美のことよ!」

エリカは、ため息をつきながら、言ったのだった……。

雪男捜索隊

「おはよう！」

朝のレストランに、元気良く現れたのはみどりである。

「ゆうべは楽しかったわねえ！　思いっ切り食べて飲んで、歌って踊ってさ。もう、最高！」

と、興奮いまださめやらず、という面持《おもも》ちで、エリカたちのテーブルについたが……。

いやに静かなのに気づいて、

「——どうしたの？」

と、訊《き》いた。

「あのね、みどり——」

とエリカが言いかけると、

「ごめん！　わかってんだ。ゆうべ、すっかり楽しんじゃって、肝心《かんじん》の用件を忘れてたのは悪かったわよ。でも、もう済んだことじゃないの」

「みどりったら——」

「そりゃあ、エリカが怒るのはわかるわよ。でも、時間をゆうべに戻すことはできないんだから！　何も私ひとりを責めなくたっていいじゃないの」

「別に——」

「いいわよ、いいわよ。そんなに言うなら、私、責任取って朝は食べないことにするわ」

　変な責任の取り方もあったものだ。

「食べなさいよ」

　と、エリカは言った。

「そりゃ、みどりも千代子《ちよこ》も、約束忘れて遊びまくっちゃったんだから、多少は、申し訳ないと思ってほしいわね」

　千代子とみどりは、目を見交わした。

「だからね」

　と、エリカは続けて、

「今日は、うんとふたりに働いてもらうことにするわ。しっかり朝食を食べといて」

「働くのね？」

　と、みどりが訊く。

「そう」

「わかったわ。何をすりゃいいのか、言ってちょうだい。皿洗い？　お掃除、洗濯、料理にお使い——何でもやっちゃうから」

「ホテルに泊まってるのに、どうしてそんなことするのよ。——そうじゃないの。ちょっとね、尋《たず》ね人《びと》なのよ」

「迷子？」

「そうじゃないの。でも、かなり広い範囲にわたって捜さなきゃいけないから、ひとりでも多いほうがいいのよ」

「誰を捜すの？」

「雪男よ」

とエリカは言った。

みどりは、しばらくキョトンとしていたが、やがて、ゲラゲラと、あまり嫁入り前の娘としては聞かれないほうがいいような声で笑いだした。

「——雪男ね！　そいつは傑作だわ。捕まえて帰ってペットにする？」

「あのね、みどり……」

すでに、エリカから話を聞いていた千代子がゆうべの出来事を話してやった。——聞いているうちに、みどりの顔から徐々に笑いが消え去り、

「じゃ——本当の雪男？」

と、今度は青くなる。

「エリカ、この親友の私に、死ねって言うの？」

「オーバーねえ」

エリカはため息をついて、

「足跡でも何でも、手がかりを見つけてくれればいいのよ。後は私と父が引き受けるわ」

「そう」

みどりは、それでもやや釈然《しゃくぜん》としない様子で、

「でも、そういうことは、警察に任《まか》せたらどう？」

「梅川安美《うめかわやすみ》って子が、さらわれてるのよ。もし、あれが本当の雪男だったとしたら、大がかりに追い詰めるのはかえって危険だわ」

すると、クロロックが口を挟《はさ》んで、

「しかし、考えてみると、我々だけで追いかけるのは危険かもしれんぞ」

「お父さん——」

「私は、そりゃ構わん。しかし、万一のとき、涼子《りょうこ》と虎《とら》ノ介《すけ》が残されて——」

「ご心配なく」

涼子がアッサリと言った。

「ちゃんと、生命保険にも入ってるわ」

クロロックが、梅川安美に優しくしていたのを知って、ご機嫌《きげん》が悪いのである。

クロロック、それを聞いて、なんとも情けない顔をする。エリカは、笑いだしそうになるのをこらえて、

「じゃ、ともかく手分けして、スキー場の周辺を捜索すること！　早速始めましょ」

と立ちあがりかけると、みどりが、叫んだ。

「待って！　私、まだ朝食を頼んでもいないのよ！」

それはまさに必死の叫びと呼ぶにふさわしいものだった……。

「なあに、これ？」

スキーの支度《したく》をして、ホテルの前のゲレンデに出てきたエリカたちは、呆気《あっけ》に取られてしまった。

もちろん、スキー場だから、スキーヤーはたくさんいる。しかし、今日はスキーヤーでない人間が、やたらウロウロしているのである。

「TV局なんだよ」

と、竹井《たけい》正浩《まさひろ》が言いながら、エリカのほうへやってきた。

「昨日はお役に立てなくてごめんなさいね」

とエリカは言った。

ゆうべの、雪男と梅川安美のことを、まだ正浩にも話していないのである。

「いいんだ。親父も気にしてない。それどころか上機嫌《じょうきげん》でね」

「どうして?」

「例の足跡の件さ。TVで放送されたら、予約が殺到してね」

「予約が? ——取り消しじゃなくて?」

「そうなんだよ。びっくりした。今は何でも珍しいものにみんな寄ってくる時代なんだなあ」

「じゃ、かえって宣伝になったわけね」

「そう。百瀬《ももせ》の奴《やつ》、親父《おやじ》に、もうここは潰《つぶ》れるから、買い取ってやってもいい、とか言ったらしいけど、今ごろ悔しがってるだろうな……」

正浩はニヤッと笑った。

「それでTV局なんかが取材に?」

「うん。雪男を求めて、ってわけで、ヘリコプターも飛ばすらしいよ」

エリカは、クロロックと顔を見合わせた。

「——ああ、僕、行かなきゃ」

と、正浩は腕時計を見て、

「ヘリコプターに、僕も乗ることになってるんだ。このへんの地形とかの説明にね。じゃ、また後で——」

正浩は雪の中へと駆け出していってしまう。エリカは、それを見送って、首を振った。

「殺された人のことなんか、頭から消えちゃったみたいだわ。——お父さん、どうする」

「うむ」

クロロックも考え込んだ。

「ヘリコプターか。——うまくないな。下手《へた》に刺激すると、普通ならおとなしいものでも、暴れだすかもしれん」

「話そうか。梅川安美さんがさらわれたってこと」

「やめとけ。もっと人が出て大騒ぎになるに決まっとる」

「そうか……。でも、あんなにカメラマンやら何やらがいるときに、私たちがのこのこ捜しに行けないわよ」

「仕方ないな。今は諦《あきら》めよう」

「だけど……」

「ああいう連中がいなくなってから行くのだ」

エリカは肯《うなず》いた。

「そうか。夜になってから、ね？」

「その通り。夜ならこっちのもんだ」

クロロックは胸を張って、

「深夜映画が見られんのは残念だが」

「どうだっていいわよ。——じゃ、みどりたちにそう言っとこう」

エリカはホテルのほうに戻りかけたが、

「——まあ！　みどり、何よ、その格好は？」

と、目を丸くした。

丸々とふくれあがったみどりが、ヨロヨロと歩いてくる。

「危険防止に——ありったけの服を着込んだの！」

ハアハア喘《あえ》いでいる。

「でも、くたびれた！」

「そんな格好で、スキーなんてできっこないじゃない！」

「だけど——」

「ともかく、もういいの。捜索は夜まで延期」

「え？　——じゃ、今は、捜しに行かないの？」

「そう」

「そんな！　――これだけ着るのに、どれだけ苦労したと思ってんのよ！」

「仕方ないじゃない。脱いでらっしゃいよ」

みどりは、それを聞くと、ヘナヘナと座り込もうとしたが――何しろ丸々としているので、ダルマみたいにゴロンと雪の上に仰向《あおむ》けにひっくり返ってしまった。

「助けて！　起こしてよ！　エリカ！　千代子！」

ひっくり返されたカメみたいなもんである。周囲の客たちが、クスクス笑っている。

エリカは、千代子とクロロックの手を借りて、あわててみどりをホテルの中へ運び込んだ。

――みどりを部屋までなんとか「運んで」、千代子に後を任せると、エリカは廊下《ろうか》に出た。

クロロックは、下でふくれている愛する妻の所へと急いで行ってしまった。

差し当たり、エリカとしてはすることがない。

ぶらぶらと、ホテルの中を歩いていった。

お昼前のホテルというのは、いたって閑散《かんさん》としたものである。出る人はほとんど出てしまっているし、泊まっている人も、まずたいていは、スキー場かスケートかに出かけている。

部屋で残っている物好きにとっても、この時間は、掃除に来るので落ちつかず、ロビーあたりに座っていることが多いのである。

そんなわけで、シンと静まり返っている廊下を、エリカは歩いていったが……。

ふと、足を止めたのは、ドアのひとつが開いて、誰かが出てくるのが見えたからだった。見知った顔だ――昨日、正浩と話していた、良次《りょうじ》という男である。

だが、様子がおかしかった。ひどく不安そうで、落ちつかないのだ。

エリカのことなど、見向きもせずに、ほとんど走るようにして、廊下を遠ざかっていった。

「もしかして……」

エリカは、良次が出てきたドアの前まで行ってみた。――やっぱりそうだ。

昨日、クロロックがドアをもぎ取った、梅川安美の部屋なのである。あの後、ドアが壊れた、とフロントのほうへ名前は言わずに電話しておいたのだが、一目見れば、ドアがおかしいとわかる程度の修理しかしていない。

しかし、良次がなぜ、この部屋に来ていたのだろう？

何かある。エリカは、急いで良次の後を追った。

良次は、フロントへと、駆け寄るようにして、

「三一五号室はどうしたんだ！」

と、いきなり怒鳴った。

「ああ、良次さん」

と、フロントの男がびっくりした様子で、

「どうしたんです？」

「三一五だよ。ドアが壊れてて、客もいないんだ」

「三一五……」

とフロントの男は、ちょっと考えて、

「ああ。ゆうべね、誰か、馬鹿力のある奴が壊しちまったらしいんですよ」

「誰が？」

「さあ。電話で知らせてきただけでね。弁償させられるのがいやだったんでしょう。今の若いのは、無茶しますからね」

と笑うが、良次のほうは、相変わらず顔をこわばらせて、

「中の客は？」

と訊いた。

「お客ですか？」

「どこへ行った？」

「さてね……。まだチェックアウトはしてませんが、どこか他の部屋へ行っててんじゃな

いですか？　女の子ひとりだったから、きっとどこかの男の子の部屋に——」

「馬鹿を言うな！」

良次が顔を真っ赤にして、怒鳴ったので、フロントの男は顔をしかめて、

「良次さん、静かにしてくださいよ。お客さんがいるんですから」

とたしなめた。

「いや、すまん。——つい——」

良次が首を振ってわびる。そして、ちょっと間を置いて、

「——支配人はいるか？」

「いると思いますよ。——さっきはTV局の人と会ってましたがね」

「ありがとう」

良次が、足早に立ち去る。

当然、エリカも後をついていったのである。

——支配人の部屋には、エリカも一度行っている。

良次が、そのドアをノックしようとしてためらった。エリカは、少し離れた廊下の角に身を隠して、人並み外れた聴覚に神経を集中した。

——誰かが、中で話をしているらしい。それで、良次はためらっているのだ。

女の声……。それも、かなり興奮してヒステリックになっているようだ。

いきなりドアが開いたので、良次はびっくりして飛びのいた。出てきた女は、良次には目もくれず、走るようにして行ってしまう。

待てよ、とエリカは思った。どこかで見た女性だが。

そうだ！

――内田《うちだ》邦也《くにや》、あの凍死した学生の母親ではないか。

エリカは、ちょっと迷ってから、急いでその女のあとを追ったが、結局、ホテルの前にちょうどやってきたタクシーに乗っていってしまい、むだだった。

仕方ない。――エリカはまた支配人室のほうへと戻っていったが、今度は、ちょうど支配人の竹井と良次が、部屋から出てきたところだった。

なんともタイミングが悪いのだ。

しかし、ちょっと気になることがあった。支配人室から出てきた竹井が、ドアに鍵《かぎ》をかけているのだ。いや、それは当然のことなのかもしれないが、それにしても、ちゃんとかかっているか確かめたりしている。

どうも、何かありそうだ。

エリカは、ふたりをやり過ごして、そのドアの前まで行ってみた。

鍵、ねえ……。エリカとて、人にはない能力もいくつか持っているが、鍵をあけるなんて空き巣みたいな力はない。

しかし、だめとなると、ますます見たくなるのが人情である。

「お父さんならできるかな」

と、エリカは呟《つぶや》いた。

「——何ができるって？」

と、すぐ後ろで声がして、エリカは仰天《ぎょうてん》した。

「——お父さん！　何してんのよ、こんな所で？」

「いや、虎ノ介の相手に少々くたびれたのだ」

と、クロロックは息をついた。

「もう若くないのよ。それで、逃げてきたってわけ？」

「逃げたなどと、人聞きの悪い。ただ、こっそり立ち去っただけだ」

「同じじゃないの。——ね、この鍵、あけられない？」

「鍵を？　壊してやろうか？」

「壊しちゃだめなのよ！」

と、エリカはあわてて言った。

「すると、おまえはこの誇り高きフォン・クロロックに向かって、コソ泥の真似《まね》をしろと言うのか？」

「真似じゃなくて、コソ泥そのものよ」

「もっと悪い。――しかし、正義のためなら小さな悪事もやむをえん」

「やれるのなら、早くやってよ。つべこべ言ってないで」

「つべこべではない。やはり、人間は常に行動を理論で裏付けする必要が……。わかった、わかった。そうかみつきそうな顔をするな」

吸血鬼にしては妙なセリフである。

クロロックは、ドアのノブをつかむと、エイッと力を入れてひねった。――ノブが外れた。

「これじゃ開かんな」

「お父さん！」

エリカは目を吊《つ》りあげて父親をにらみつけた。

「まあ待て」

クロロックは、顎《あご》に手を当てて、考え込んでいたが、やがて、ニヤリと笑った。

「うまくいきそう？」

とエリカが訊く。

「いや、とてもだめだ」

エリカはクロロックをけとばしてやりたくなった。

「むだだったね」

と、正浩が言った。

「でも、大騒ぎだったわ」

エリカは、すでに夜になって、照明の下で、幻想的な白さに光っているゲレンデを見渡しながら、言った。

「親父はご機嫌だよ。こんなにいいＰＲはないものな。しかも一銭も払わずにさ」

「商売人ね」

「金が第一と思ってるからね」

正浩は肩をすくめて、

「雪男なんているわけないんだ。そんなのわかってて、僕も真面目な顔で案内なんかしてた。——いやだね」

「そう何でも悪くとらないことよ」

と、エリカは言った。

「ねえ、正浩さん。あの良次って人、このへんに古くから住んでる、って言ったわね」

「うん。元は猟師《りょうし》だったんだ。このへんでも腕ききのね。でも、もう猟をするより、動物を守ることのほうが大事だ、って言って、銃を捨てたのさ」

「猟師ねえ……。良次っていうの名前でしょ？　姓のほうは？」

正浩は、ちょっと眉《まゆ》を寄せて、

「ええと……何だったかなあ。いつも良次さん、としか呼んでなかったから」

「お父さんに恩がある、って言ってたのは、どういうこと？」

「あの人の奥さんがね、重い病気になって、そのときに親父が病院までヘリコプターで運んであげたんだ。――でも、結局、亡くなったんだけど、それをずっと恩に着ていて……。あの人らしいや」

「本来は、このスキー場を作るのに反対だったんでしょ？」

「動物たちの居場所がなくなる、と言ってね。でも、親父への義理立てで、結局は反対しなかったんだ」

竹井への恩と、動物への愛情。その間に挟《はさ》まれた良次は、さぞ辛《つら》かったろう、とエリカは思った。

「ああ、そうだ。良次さんの姓を思い出したよ」

と、正浩が言った。

「確か、梅川っていうんだ。うん、梅川だったな」

「――すると、あの梅川安美は、良次の娘か！」

と、クロロックが肯いて、

「それでは心配するわけだな」

「でも、なぜ彼女が、内田邦也の死に、そんなに苦しんでいたのか、そこが謎《なぞ》だわ」

と、エリカは言った。

「うむ。当人に訊くのが一番だな」

「当たり前じゃないの」

「まあ待て。——これでどうだ？」

クロロックは、ポケットから、ヘアピンらしきものを取り出した。

「何なの、それ？」

「これで、例の鍵をあけてやる」

「そんなこと、できるの？」

「TVでよくやってる。あの真似をすりゃ……」

何だか頼りないわね、とエリカは思ったが、ともかく、ものは試《ため》しで、ふたりして支配人室へと行ってみた。

「——見張っとれよ」

クロロックはドアの前にかがみこむと、ヘアピンを、そっと鍵穴へ差し込んだ……。

「早くしてよ」

エリカは気が気でない。やはり、いくら正義のためといえども、泥棒として逮捕されることは避けたかった。

「おい」

「何よ？　やっぱりだめ？」

と振り向いて――エリカはびっくりした。

ドアが開いているのだ！

「早いわねえ！　お父さん、まさか、本当にちょくちょくやってるんじゃないでしょうね？」

「馬鹿言え。もともと鍵がかかっていなかったのだ」

エリカはガクッときた。

ともかく――中へ入る。

「――寒いわ」

と、エリカが言った。

「窓が開いていたのだな」

と、クロロックが言って、窓のほうへと歩いていく。

夜に入って、また雪が降り始めていた。

「――見ろ！」

と、クロロックが言った。

エリカも、はっきりと見た。真っ白な、大きな何かが、雪の中を歩いていく。

「雪男だわ！　追いかけましょう！」

エリカは部屋を飛び出していた。

「おい、待て。こっちはスキーができんのだからな！」

クロロックもあわてて後を追いながら、怒鳴った。

雪に消える

「林のほうよ！」

エリカはストックに力をこめて、大声で言った。

もう少し遅かったら、雪で足跡が消えているところだ。なんとか、ついていける程度にはまだ残っていた。

「大丈夫なの？　暴れたら？」

エリカと並んで滑りながら、千代子《ちよこ》が言った。

「私のカンが正しければ、そんなことないと思うわ」

「外れてたら？」

「そのときはそのときよ」

エリカもかなりいい加減である。

「待って！　──待ってよ！」

みどりはハアハア言いながら、ふたりを追っかけている。

「まったく、冷たい娘だ！」

クロロックは歩きである。マントが真っ白になって、だいぶ迫力を失っていた。

林の中へ入っていくと、ゲレンデの照明が届かないので、大分暗くなってきた。

エリカとクロロックは、かなり目がきくのだが、他のふたりは立ち往生《おうじょう》である。

「どうするのよ？」

と、千代子が言った。

「ついてきて。私は足跡、見えるから」

エリカが先に立って、林の中へ、さらに深く入っていく。

雪も、林の中には、あまり落ちてこない。静かだった。それも、何か起こりそうな、無気味な静けさだった……。

「待て！」

クロロックが、やっと追いついてきた。

「休憩はあとよ」

「そんなこと言っとらん。ともかく——何か聞こえた」

「私、聞こえなかったわ」

「ほんのわずかな音だ。金属的な——」

「金属？」

そのとき、バアン、と銃声《じゅうせい》が、林の静寂《せいじゃく》を切り裂いた。

「伏せろ！」

クロロックが、エリカと千代子を突き飛ばした。みどりのほうを振り向いて、

「そっちは大丈夫か？」

と声をかける。

「ええ。先に転んでたから」

と、みどりの声がする。

「よし。――エリカ。スキーを外《はず》せ」

「どうするの？」

「木に登る。それしかないぞ」

「――わかったわ。千代子とみどりは、伏せててね」

「凍《こお》っちゃう前に戻ってきてよ」

と、千代子が情けない声を出した。

エリカは、スキー靴を脱ぎ捨てると、エイッと、手近な木の幹へ飛びついた。

身の軽いことも、血筋である。もっとも、クロロックのほうは、もうずっと上の太い枝に腰をかけて待っていた。

「――何か見える？」

登っていって、エリカは訊いた。そのとき、また銃声。——だが、少し遠く聞こえた。

「どうやら、こっちを狙《ねら》っているんじゃないぞ」

と、クロロックは言った。

「あっちに、火が見えた。——行ってみよう」

クロロックが、隣の木へ向かって、身を躍らせた。エリカもそれに続く。

何となく猿《さる》が木から木へ渡っていくみたいだが、当人たちが聞いたら怒るだろう。

クロロックのほうが、さすがに身が軽い。エリカは半分人間の血が混じっているので、途中で一瞬カンが狂って、つかまった枝がボキッと折れ、みごとに落下してしまった。

「——もう！」

と、牛みたいな声をあげて、雪をかき分けたとき、目の前に誰かが立っていた。

「——安美《やすみ》さん！」

と、エリカは言った。

梅川《うめかわ》安美が、立っていたのだ。そして、エリカが立ちあがると同時に、ガクッと膝《ひざ》をついてしまった。

「しっかりして！」

エリカは、安美の体をあわてて支えた。

「どうしたの？　けがを？」

「私——私は——大丈夫」

と、安美は跡切《とぎ》れ跡切れの声で言った。

「それより——お父さんが——お父さんが——」

また銃声がした。そして、それに続いて、

「ワーッ！」

という叫び声が、林の中に響いたのだった。

「千代子！　みどり！」

と、エリカは叫んだ。

千代子がスキーで滑ってくる。

「この人をお願い。けがしてるのよ」

「OK。任《まか》せて」

いざとなると、千代子も結構頼りになるのである。みどりもハアハア息を切らしながら駆けつけてきた。

「頼むわよ！」

エリカは駆け出した。——が、スキー靴は脱いじまったので、足が冷たいこと、冷たいこと……。

しかし、そんなことは言っちゃいられないのだ！　しいや、しかし、やけになったらどうしよう、などと心配しながらも、エリカは叫び声がしたほうへと、父のあとを追って、急いだ。

「——お父さん！　どうしたの？」

エリカは、クロロックの後ろ姿に呼びかけた。

「——遅かった」

クロロックは振り向いて言った。

雪の中に、良次《りょうじ》が横たわっている。少し離れた所に、銃が投げ出されていた。

「——死んでるの？」

「うむ。首をしめられているのだ。凄《すご》い力だぞ」

「誰が……」

エリカは、その良次の死体の所から、大きな足跡が、林のさらに奥のほうへと続いているのを見た。

「——雪男？」

エリカが目を丸くする。

「私、てっきり、良次さんが雪男に扮装《ふんそう》してるんだと思ったわ」

「それは間違っていないぞ」

と、クロロックは言って、かがみこんだ。

「これを見ろ」

白い雪の上にあったので、エリカは気づかなかったのだが、それは、白い、大きな毛皮で作った「雪男」だった。

「これを着て、雪男のふりをしていたのだ」

「でも——じゃ、いったい誰が良次さんを殺したの？」

「そいつは、あの娘から話を聞いたほうが良さそうだな」

クロロックは、穏やかな口調で言った。

「ともかく、いったんホテルへ戻ろう」

「でも——この人をどうするの？」

「あとでまた来るさ。仕方あるまい。これをかけておいてやろう」

クロロックは、その白い毛皮で、良次の死体を覆《おお》ってやった……。


「ありがとう。——もう大丈夫です」

と、梅川安美は、弱々しく肯いて、半分ほど飲んだ熱いスープのカップを、エリカに返した。

「少し休んだほうがいいわよ」

と、エリカは言ったが、安美は首を振って、

「父が死んだのに——こんなふうに眠ってなんかいられません」

「気持ちはわかるけどね……」

「何もかも話して、スッキリしたほうがいいかもしれんぞ」

クロロックが、できるだけ軽い調子で言った。

「そして、ぐっすり眠ることだ。悪い夢を見たのだと思ってな」

安美は、涙をためた目で、ゆっくりと肯いた。——結構若い女の子にもてるのよね、とエリカは父を眺めて首をひねった。

ま、それはともかく……。

「内田《うちだ》邦也《くにや》が死んだ事情から話してごらん」

と、クロロックが言った。

「私——あの人を引っかけたんです」

「つまり、向こうがあんたに首ったけだったわけだな」

「ええ。——私なんかのどこがいいのか、東京の大学で知り合ったんですけど、そりゃもう夢中になってしまって……。それで、今度の計画を知らされたとき、内田君を利用することにしようと思ったんです」

「計画って？」

とエリカは訊いたが、クロロックが、

「まあ待て。ともかくその話を聞こう」

と抑《おさ》えた。

「私がスキーをしながら、ゲレンデから離れた林の中へ誘い込む。それで私も、大学の演劇部に友だちがいたんで、メーキャップの道具を貸してもらって、いきなり雪女に変身してみせたんです。内田君、仰天《ぎょうてん》して腰をぬかしてしまいました」

「そりゃそうでしょうね」

「そこへ父が、雪男の扮装で現れる。——手はずの通りで、内田君は気を失っちゃったんです。ところが……」

「死んじまった、ってわけだな」

とクロロックが言うと、安美は肯いた。

「そうなんです。——私、知らなかったんです。内田君に心臓の持病があるってことを」

なるほど、とエリカは思った。スキー場へ息子を捜しに来たあの母親が、ひどく心配そうだったのもわかる。

「私も父もすっかりあわててしまって……。ともかく、死体を雪の中へ埋めて、スキーを部屋へ返しておきました。人を殺したんだとか、そんなことを意識したのは、後になってからのことだったんです」

「その気持ち、わかるわ」

とエリカは言った。

「ありがとう……。でも、いつまでも死体を雪の中へ埋めておくわけにはいかなかったんです。父がつけた雪男の足跡が発見されることになっていたし、そうなれば、大々的な捜査が行われて、死体も見つかるでしょう」

「そこで、あんたの父親が、死体をリフトに乗せた」

「はい。かついで下りようとしたところへ、スキーヤーがやってきて、仕方なかったんです。ただ、父はこのホテルの従業員の服装をしていたんで、怪しまれずに済んだんです。けが人に見せかけてリフトに……」

安美は、疲れたように息をついて、首を振った。

「でも……考えれば考えるほど、私があの人を殺したんだ、と……。それを思うと辛《つら》くって……」

「済んでしまったことだ」

と、クロロックは言った。

「でも――」

「真相を明らかにして、そもそもの張本人に責任を取らせることが、死んだ人間への罪滅ぼしになるんだ」

「ええ、よくわかります」

と、安美は肯いた。

「張本人っていうのは——」

と、話を聞いていた千代子が言った。

「つまり、雪男がいるという噂《うわさ》を立てようとした人間がいたのね？」

「ここの営業を妨害しようとした奴だわ！」

みどりが珍しく、食べ物以外のことで、意見を述べた。

「じゃ、あの何とかいう競争相手じゃないの？」

と千代子が言うと、エリカは首を振った。

「そうじゃないと思うわ。良次さんは、いくら百瀬《ももせ》に金を積まれても、恩のある竹井《たけい》さんを裏切るような人じゃないわよ」

「同感だな」

と、クロロックは肯いて、

「雪男の噂は立った。しかし、その結果はどうだ？　——客が寄りつかないどころか、大勢の客が殺到した」

「それを、ちゃんと見越してたのね」

「そうだ。恩のある人の頼みだからこそ、あんたの父親は、雪男の真似までやったんだろう？」

「はい」

と、安美が答えた。

「じゃあ、竹井さんが？」

と、千代子は唖然《あぜん》として、

「でも、私たちに、足跡のことは黙っていてくれ、と……」

「黙っていてくれ、と言えば、ますますしゃべるに違いない、と思ったのよ。みどり、しゃべらなかった？」

「しゃべるもんですか！」

みどりはムッとした様子で、

「せいぜい二、三人よ」

「ほらね」

「でも——それだけじゃないんです」

と、安美は苦しげに言った。

「というと？」

エリカが眉を寄せる。

「私……心の中で想《おも》い続けていたんです、正浩《まさひろ》さんのことを」

「まあ」

「だから、このホテルのためになることだったら、って……。私たちがそうして力になれば、正浩さんも、私のことを、少しは振り向いてくれるかもしれない……」

安美は涙をこらえているのか、震え声だった。

「父は……本当はあんなことしたくなかったんです。でも私のために……。私が頼んだので、断り切れずに……」

「そうだったの」

エリカは、ゆっくりと肯いた。

「でも、大丈夫です。私、内田君の死について、本当のことを話します」

「そうされては困る者もいるな」

クロロックは、歩いていくと、ドアをサッと開けた。――竹井が立っていた。

「そこで、ずっと聞いとったのはわかっとる」

「なかなか、いい耳をお持ちですな」

竹井はにこやかに笑顔を見せて入ってきた。

「そもそも、あんたが仕組んだことだな」

「これぐらいのことは、商売人なら誰でもやりますよ」

竹井は平然と言った。

「人が死んだんですよ」

と、エリカは腹が立って言った。

「あれは事故です。それに直接の責任は良次と、この娘にある」

「なんてことを――」

「待ってください」

と、安美は言った。

「それは事実ですから、私もちゃんと責任を取ります」

「話がよくわかるね。――他の皆さんとも、条件の折り合いがつけば、こちらとしては、多少のものをさしあげるつもりではあるんですよ」

「ちょっと待ってよ」

と、千代子が不服そうに、

「その件はわかったけどさ、良次さんを殺したのは誰なの？」

「良次が死んだ？」

竹井が愕然《がくぜん》とした様子で訊き返す。どうやら、そのことは知らなかったようだ。

「待ってくれ！」

と、そこへ声がして、正浩が入ってきた。

「正浩。おまえは外へ出とれ」

「いやだ！」

正浩は父親をにらみつけた。

「TV局なんかが、あんなにやってきたんで、もしかしたらこれは、父さんがやったんじゃないかと思ってたんだ」

「おまえには、商売の厳しさはわからん」

「でも嘘《うそ》をついて商売するのはいやだ」

正浩は、安美のほうへ向いて、

「安美君、君や良次さんが、僕の父に恩を感じる必要は全然ないんだ」

「正浩！　おまえは――」

「君のお母さんの病気は、そんなに大したものじゃなかった。それを父は、良次さんが、スキー場反対派の先頭に立っているのを知っていたんで、現地の医者を買収して、重病だと言わせて、ヘリコプターで遠くへ運んだ。君のお母さんは、かえってそれで具合が悪くなって、亡くなったんだ」

安美は愕然として、竹井を見つめていた。

「なんてことを！　――ひどい人！」

「待ちなさい」

とクロロックが割って入った。

「どうやら今は、もっと差し迫った問題があるようだ」

「え?」

エリカが耳を澄ます。——何かが聞こえる。

そう。窓の外に。

「あんたを連れ去ったのは誰だったんだね?」

クロロックが安美に訊く。

「——雪男です」

と、安美は言った。

「本当にこの山にいるんです! 父は知っていました。それを人間から守るのが自分の義務だと思っていて……」

「馬鹿げとる!」

と、竹井が鼻を鳴らした。

「そんなものがいるわけがない!」

「そうかな?」

クロロックは、ゆっくりとカーテンを引いた窓のほうへ歩いていった。

「良次は、娘がいなくなったのを知って、事態を察した。そこで、支配人室に隠してあった雪男用の扮装の毛皮をまとって、銃を手に林へと向かったのだ」

「それを私たちが追いかけたわけね」

「娘を取り戻すために、彼は雪男を撃とうとして、逆に殺されてしまったのだ」

竹井が声をあげて笑いだした。

「——そいつは面白い！　そんな奴《やつ》がいるのなら、捕まえて客寄せに使わせてもらいたいもんですな」

「では、勝手に捕まえなさい」

クロロックがカーテンをサッと開けると、白い、大きな姿が、そこに見えた。

誰も口をきかなかった。——窓が、粉々に砕けた。

それが部屋へ入ってくる。

「——助けてくれ！」

竹井が、悲鳴をあげると、ベッドのほうへ駆け寄って、安美をかかえ起こすと、

「この娘がほしいんだろう！　さあ、連れていけ！」

と、叫んだ。

「父さん——」

正浩が父親につかみかかる。

「放せ！」

竹井が正浩の手を振り切ると、その拍子《ひようし》に、手が安美の頬《ほお》を打っていた。

それを見た白い怪物は、唸《うな》り声をあげて、竹井を、ぐっとつかむと、まるでぬいぐる

みか何かのように持ちあげてしまった。

「助けて！　——助けてくれ！」

竹井が手足をバタつかせる。

怪物は、壊した窓から、竹井をつかんだまま出ていく。ここは二階なので、飛び下りたのだろう、姿が見えなくなった。

「待って！」

安美がベッドから飛び出した。

「どうするの？」

と、エリカが抱き止める。

「殺されてしまうわ！　父の銃でけがをしてるから、気が立ってるのよ！　私が行けば——」

「あの雪男君は、あんたに惚《ほ》れとるんだな」

とクロロックは言った。

「ええ……。私を連れていって、でも、とても親切にしてくれました」

と、安美が肯いた。

「あんたがわざわざ行くことはない。風邪《かぜ》をひくぞ」

と、クロロックは言った。

「エリカ、行くぞ」

「はい」

エリカは、クロロックとともに、窓から下の雪の上に飛び下りた。

「どうするの？　やっつける？」

「いや。奴は奴で、平和に暮らしとったのだ。そこへ人間がやってきた。――向こうにとっては迷惑な話さ」

「それじゃ、どうするの？」

「ともかく追いつこう」

――雪の中は、やはり向こうの方が地元である。クロロックとエリカは、かなり苦労して、やっと雪男に追いついた。

雪男は、クロロックたちに向かって、威嚇《いかく》するように、唸《うな》り声をあげた。

「まあ待て」

と、クロロックは穏やかに言った。

「ともかく、そいつを下ろせ。気を失っとる。たっぷり罰は受けたよ」

雪男は、しばらく戸惑ったようにクロロックを見ていたが、やがて、飽《あ》きたオモチャを捨てるように、ポイ、と雪の上に竹井を投げ出した。

「まあ、ゆっくり話そうじゃないか。お互いこの世にあってはよそ者同士だ」

クロロックが、雪男の腕をポン、と叩く。

そのときだった。——バン、バン、と銃声が雪山に響き渡った。

「——誰か来るわ」

と、エリカは言った。

「地元のハンターらしいな。TV局あたりに頼まれとったんだろう。おい、エリカ、おまえうまくやってくれ。私はこれを林の奥へ連れていく」

「OK！」

エリカは張り切って答えた。

灯《ひ》が三つ、四つ、こっちへ近づいてくる。

人間に邪魔《じゃま》なものは取り除く。そういう発想しかできないのか！　そんな奴は、少々痛い目に遭《あ》わせてやるかな！

エリカは、体を低くして、全身のエネルギーを集中させると、雪原を、ハンターたちへ向かって突進した。

凄《すご》い雪煙が舞いあがって、霧《きり》のように広がる。

「おい、何だ！」

「何にも見えないぞ！」

と声がする。

　エリカは次々にハンターをはね飛ばしていった。バン、バン、とあわてたハンターたちがめちゃくちゃに発砲する。

「ワッ！」

「助けてくれ！」

　――白い雪煙の中から、いくつも悲鳴があがっていた……。


「見ろ！　エリカ！　どうだ、上手《うま》いもんだろう！」

　クロロックの得意げな声に、エリカは苦笑いした。

　上手も何も、虎《とら》ノ介《すけ》を前にのせて、ソリ遊びをやっているのだ。

　あれでだめなら、絶望である。

　よく晴れて、ゲレンデは雪の反射がまぶしかった。

「やあ！」

　と声がして、滑ってきたのは、正浩である。

「あら、未来の支配人」

「やめてくれよ」

　と、照れたように笑う。

「――親父《おやじ》がね、さっきＴＶで謝罪してた。ここも、これ以上大きくしないと約束したよ」

「じゃ、もう安心だね」

「うん……。でも、気になるのは彼女のことなんだ」

「安美さん？」

「うん。僕としてはぜひつきあってもらいたいんだけど……」

「このホテルの支配人じゃ、いやがるかもしれないわね」

「それなら、僕は安月給の刑事に戻るからいいんだけど」

「何ですって？」

エリカは思わず訊き返した。

「あなたが刑事？」

「うん。まだなりたてなんだ。休職扱いにしてもらってね。ここへ手伝いに来たんだけど……。あ、彼女だ！」

正浩の顔が輝いた。

見れば、なんとも気持ち良さそうに滑ってくるのは、梅川安美である。正浩に気づいて手を振る。

「ヤッホー！」

正浩が大喜びで、声をあげながら、安美のほうへと滑っていった。

「――お父さんの推理も当たること、あるんだわ」

エリカは、呟《つぶや》きながら滑りだした。

「危ない！」

と、声がしたと思うと……みどりがエリカに追突、ふたりはゴロゴロと斜面を転がってふたつの雪ダルマみたいになってしまった。

「――もう！　気をつけてよ！」

エリカは、立ちあがりながら言った。

「仕方ないでしょ！　お腹《なか》がすいてんだから！」

みどりが怒鳴り返す。

「だいたい、朝のホットケーキが二枚しかついてないのがいけないのよ！　スキーに費《つい》やすカロリーを考えれば……」

エリカは、周囲のスキー客が笑っているのを見回しながら、今度雪男が出てきたら、みどりを持っていってもらおうと、考えていた。

解説

千街晶之

赤川次郎という作家は、印象的なタイトルをつける名人である——と、かねがね思っているのだが、中でも秀逸《しゅういつ》なもののひとつが、「吸血鬼シリーズ」の第一弾『吸血鬼はお年ごろ』（一九八一年）だ。

ええと、吸血鬼って年をとらないんだよね？　その吸血鬼にとっての「お年ごろ」って、何歳くらいのことなの？　と、思わず考えさせられてしまう名タイトルである。ただし、集英社文庫版の解説で山前《やままえ》譲《ゆずる》氏も指摘しているように、このタイトル、ちょっと看板に偽《いつわ》りありなのだ。ヒロインの神代《かみしろ》エリカは、M女子高に通う高校三年生、十八歳——なるほど「お年ごろ」ではあるのだが、果たして彼女を吸血鬼と呼んでいいのかどうか。彼女の父親は「正統な」吸血鬼のフォン・クロロック伯爵であるが、亡き母親は普通の日本人女性だった。つまり、彼女は吸血鬼の血を半分引いてはいるものの、彼女自身が吸血鬼というわけではないのだ（当然、人間の血を吸ったりはしない）。とはいえ、聴覚や嗅覚《きゅうかく》が鋭かったり、高速で走ったり、超能力でガラスを割ったり、人間の傷を癒《いや》したり、催眠術を使えたり……と、常人離れした面も多分に持ち合わせているのは事実だ。

父親のフォン・クロロック伯爵は、ルーマニアのトランシルヴァニア地方に長年住んでいたが、吸血鬼に関する誤った伝承のせいで人間から迫害を受け、日本に亡命してきた身である。トランシルヴァニアといえば、ブラム・ストーカーの『吸血鬼ドラキュラ』(一八九七年)に登場するドラキュラ伯爵の居城の所在地であり、そのモデルとされる実在の英雄ヴラド・ツェペシュが生を享《う》けた場所である(多くの若い女性を惨殺してその血を浴びたというバートリ伯爵夫人もトランシルヴァニアの大貴族だった)。フォン・クロロックという姓も、映画『ロマン・ポランスキーの吸血鬼』(一九六七年)をはじめ、吸血鬼ものではよく使われる定番の名前である。正統なる吸血族を名乗るだけのことはある由緒正しき出自だし、石棺の中で眠るあたりもいかにも古風だが、新しく迎えた妻の尻に敷かれ、しかも子煩悩《こぼんのう》であるなど、吸血鬼に貴族的な威厳を期待する向きには到底見せられない場面も多い。シリーズ第二弾『吸血鬼株式会社』(一九八二年)のラストでは、ある事件を解決したおかげで「クロロック商会」なる会社の社長に就任し、「ついにクロロック家再興の時は来た！」などと喜んでいたけれども、経営者として有能かどうかはかなり微妙なところだ。とはいえ、観察眼は人並み以上だし、エリカとともに事件を解決する段には、いかにも年を経た吸血鬼らしい堂々たるところも見せる。

この父娘がコンビを組んで事件を解決する「吸血鬼シリーズ」は、二〇一一年五月現在、二十八作品が刊行されている。吸血鬼が探偵役を務めるミステリというと、シリーズものならジャック・リッチー、柴田《しばた》よしき、倉阪鬼一郎《くらさかきいちろう》の作例が思い浮かぶし、ノン・シリーズ作品ならかなりありそうだが、二十作を越す長期シリーズとして書き継いでいる作家というと赤川次郎しか思い浮かばない。

「吸血鬼シリーズ」は、脇を固めるレギュラー・キャラクターたちも魅力的な存在である。『吸血鬼はお年ごろ』で、ある事情により伯爵の後妻、つまりエリカの義母になったのが松山涼子《まつやまりようこ》である——といっても、エリカより一歳年下なのだが。伯爵と涼子のあいだには虎ノ介《とらのすけ》という子供も産まれた。エリカ同様、半分人間で半分吸血鬼ということになるが、父の血を引いたからか、やたらいろいろなものに嚙《か》みつく癖がある。

このクロロック一家のほか、いくら食べても太らないノッポの大月千代子《おおつきちよこ》と、大食いでぽっちゃり体型の橋口《はしぐち》みどり——というエリカの二人の親友が、シリーズを通してのレギュラー・キャラクターである。作中では時に凄惨《せいさん》な犯罪も描かれているけれども、こういったレギュラー陣のコミカルな掛け合いによって、シリーズ全体のトーンは柔らかく保たれているのである。

このシリーズは「三毛猫ホームズ」などと並ぶ著者の人気シリーズだが、特色としては、探偵役が吸血鬼とその血族である以上、それ以外の超常的な存在も作中に登場する場合があるという点が挙げられる。つまり、吸血鬼がいるのなら狼男もいて当然であり、通常のミステリでなら真相を推理する際に外してもいいような超自然的な仮説が成立することもあるのだ。実際これまでに、フォン・クロロック伯爵以外の吸血鬼が登場したこともあったし、超能力者が犯人だったこともあった。いかにも怪奇な事件が人間の仕業なのか、そうでないのか——というのがエピソードごとに異なるあたりに、このシリーズのスリリングな面白さがあると言える。

またどの作品でも、発端に提示される不可解な謎の持つ牽引力《けんいんりょく》が尋常ではない。例えば、「永すぎた冬」（『吸血鬼はお年ごろ』所収）の、まるで吸血鬼に血を吸われたように、喉《のど》を嚙み裂かれて失血死していた六人の少女。「幽霊たちの舞踏会」（同）でのノッペラボーの出現。「吸血鬼株式会社」（『吸血鬼株式会社』所収）での献血車の強奪と死体の消失……等々、好例は枚挙に遑《いとま》がない。中にはずいぶん凄惨な事件もあるけれど、必要以上に残酷な描写はない。これは物語の品格を保つためだろうが、（著者がどこまで計算しているかは不明だが）物語中の衝撃的な部分を、事件の表層ではなく真相に収斂《しゅうれん》させたいという計算だとも考えられる。ユーモア・ミステリとはいえ、実はこのシリーズ、真相にかなり衝撃的なモチーフが潜んでいる場合が多いのだが、その衝撃を印象づけるためには、ヴィジュアル的な残酷描写はむしろ邪魔であるということなのかも知れない。

さて、本書『吸血鬼は良き隣人』は、シリーズの五冊目であり、元本は一九八六年五月に集英社コバルト文庫から刊行された。表題作と「吸血鬼と雪男」という二つの中篇を収録している。初登場の頃には高校生だったエリカ・千代子・みどりの三人は、仲良くN大学の二年生となっている。

表題作「吸血鬼は良き隣人」は、クリスマスも間近なある日、十七歳の少女がサンタクロースに扮した人物に刺殺される――というショッキングなシーンから始まる。イエス・キリストの誕生日とされるクリスマスは、現在ではキリスト教徒以外にも親しまれる祝日となっているが、ミステリの世界ではクリスマスに起きた犯罪を描いたものがかなり多い。考えてみれば、サンタクロースの服装というのは、返り血を浴びても気づかれにくいのも事実である。

この刺殺事件をめぐって、川添千恵《かわぞえちえ》という女性がクロロックに相談しにやってくる。彼女の息子・幸夫《ゆきお》はかつて怪我をした際、クロロックに救われたという縁があったのだ。殺害された少女・佐山由子《さやまゆうこ》は幸夫の元恋人であり、現場でサンタクロース姿の人物が目撃されたため、サンタクロースの恰好をしてアルバイトをしていた幸夫に殺人の嫌疑がかかっているのだと千恵は語る。やがて発生した第二の事件にもサンタクロースの影が……。複雑に入り組んだ事件の果てに待ち構えている真相はなかなか衝撃的だ。

本作では吸血鬼がクリスマスを祝うという、吸血鬼文芸史上でもかなり珍しいシーンが見られる。クロロックに至っては、「会社か？　今日は臨時休業だ。いや、この聖なる日に、仕事などしていては、キリストに申し訳ない」などと言い出す始末である。普通の吸血鬼は十字架が弱点というのがお約束になっているけれども、このシリーズの世界では迷信の一語で片づけられている。

第二話「吸血鬼と雪男」は、スキー場でリフトに乗った大学生の死体が発見される——という事件が扱われている。死体をリフトに載せれば人目につくのは間違いない。ならば、男はリフトに乗ってから死んだのか……？　既に述べた通り、このシリーズでは発端に起こる事件の不可解なシチュエーションが読者を惹《ひ》きつけるが、本作もその点で申し分がない。死んだ大学生には恋人がいたようだが、彼女の姿は何故か見当たらない。エリカは千代子やみどりに協力を要請して、恋人を見つけ出そうとするのだが……。

更に、この事件には雪男が絡んでくる。前記の通り、このシリーズでは超自然的な存在が登場することがある。一方で、本作には何らかの思惑を抱えていそうな怪しげな人物が何人も登場する。従って、ここに出てくる雪男が人間の変装なのか、それとも本物なのか、最後まで予断を許さないのである。

それにしてもこのシリーズを読んでいると、クロロックとエリカの父娘ほど頻繁《ひんぱん》に人助けをしたり、トラブルに巻き込まれたりするキャラクターも珍しいと思うのだが、「吸血鬼は良き隣人」には「吸血族というのは、やはり人間社会の中では、多少居候《いそうろう》なのであって、人間にない能力を持っているからには、人間のために少々働いてやる必要がある、というのがエリカの考えでもあった」という、腰が低いのか上から目線なのか判定に迷う記述がある。あれほど何度も事件に巻き込まれてもめげない彼らを支える基本姿勢がここから窺《うかが》える。吸血鬼でありながら、かつて自分を迫害した人間たちの社会で暮らすことを選んだ父親と、人間と吸血鬼の属性を兼備した娘。マイノリティとしての孤独も抱え込んだ彼らが、どのような事件を解決し、どのような人間模様を垣間見てきたのか、本書を読んで関心を抱いた読者は、是非ともシリーズの他の作品にも手を伸ばしていただきたい。

この作品は一九八六年五月、集英社コバルト文庫より刊行されました。

S 集英社文庫

吸血鬼《きゅうけつき》は良《よ》き隣人《りんじん》

2011年7月25日　第1刷　　定価はカバーに表示してあります。

著　者　赤川次郎《あかがわじろう》

発行者　加藤　潤

発行所　株式会社　集英社
東京都千代田区一ツ橋2-5-10　〒101-8050
電話　03-3230-6095（編集）
03-3230-6393（販売）
03-3230-6080（読者係）

印　刷　凸版印刷株式会社

製　本　凸版印刷株式会社

フォーマットデザイン　アリヤマデザインストア　　マークデザイン　居山浩二

造本には十分注意しておりますが、乱丁・落丁（本のページ順序の間違いや抜け落ち）の場合はお取り替え致します。購入された書店名を明記して小社読者係宛にお送り下さい。送料は小社負担でお取り替え致します。但し、古書店で購入したものについてはお取り替え出来ません。

ISBN978-4-08-746716-1 C0193